山水之遇

汪远定 / 著

合肥工业大学出版社

图书在版编目(CIP)数据

山水之遇/汪远定著. —合肥:合肥工业大学出版社,2019.1
ISBN 978-7-5650-4351-2

Ⅰ.①山… Ⅱ.①汪… Ⅲ.①散文诗—诗集—中国—当代
Ⅳ.①I227.6

中国版本图书馆 CIP 数据核字(2018)第 300840 号

山 水 之 遇

汪远定 著		责任编辑 张 慧
出 版	合肥工业大学出版社	版 次 2019 年 1 月第 1 版
地 址	合肥市屯溪路 193 号	印 次 2019 年 1 月第 1 次印刷
邮 编	230009	开 本 880 毫米×1230 毫米 1/32
电 话	总 编 室:0551-62903038	印 张 7.5
	市场营销部:0551-62903198	字 数 172 千字
网 址	www.hfutpress.com.cn	印 刷 安徽昶颉包装印务有限责任公司
E-mail	hfutpress@163.com	发 行 全国新华书店

ISBN 978-7-5650-4351-2　　　　　　　　　　定价:39.80 元
如果有影响阅读的印装质量问题,请与出版社市场营销部联系调换。

内容简介

　　《山水之遇》是一部以新安江流域为特定写作空间的富有浓郁地方色彩的诗意书写。全书分为6个专辑,即"新安江·赋""徽州·吟""家书·信""节气·歌""声声·慢""人物·志",共收录散文诗100篇,8万多字,大部分已经发表在《散文诗》《星星·散文诗》《散文诗世界》等刊物,是作者近10年来散文诗创作的一个总集。作者除了大学4年在安庆求学外,一直生活在新安江畔,所选诗章大多抒写这方水土的灵韵,充满真挚的故乡情怀。

序

李平易

在现当代各种体裁的文学创作中，散文诗是个地道的小品种，自然也同现当代意义上的散文、小说和白话诗等文学品种一样，形式或体裁上是舶来品。但是小品种并不意味着就不会出现大作品，给散文诗以定义的波德莱尔的《巴黎的忧郁》、鲁迅的《野草》在世界文学史上一直就是熠熠发光的。在当代中国文坛，则有着柯蓝等人专注于此，创作了很多散文诗。当然，散文诗得有诗意，其实，任何真正的文学作品都是有诗意在其中的，散文如此，纯粹的小说如此，就是类型化的通俗小说如金庸的武侠、罗琳的奇幻和大仲马的诸作品也都渗透着一种澎湃的诗意在其中。散文诗其名含着一个诗字，自然不能缺少了诗意。

但它毕竟只是一个小品种，《野草》只是薄薄的一册，《巴黎的忧郁》也如此。早些年，文学杂志正办得繁荣的时候，曾在报刊门市部见过一种《散文诗》，或许主办者自知其"小"吧，在开本上就比普通杂志窄了不少。

虽然它是"小"的，但有人爱读爱写，散文诗必然会绵延流传下去。爱它的人中有一个休宁县的汪远定。

80后的汪远定当然已不能叫作少年。但通览这部书稿过后，我能想到他当初执笔为文时选择了散文诗时的心态和神情。这种韵律和节奏介于诗歌和散文之间的体裁正好吻合了他的气质，从此他就钟情于此，在不多的学习、工作和生活的间隙写出了一组组散文诗，而且一直保持着少年时的虎虎生气，气韵饱满——某种程度上也还保留了些许青涩，就如挂在枝头让人垂涎的果子，离掉落还有一段时日。

我这么说，一点也没有看轻汪远定的创作成果和分量。文学作品本是千姿百态的，作为小品种的散文诗也是如此。"沧海月明珠有泪，蓝田日暖玉生烟"是好诗；"床前明月光，疑是地上霜"也是好诗；"窗前有两棵树，一棵是枣树，还有一棵也是枣树"里有诗意；"面朝大海，春暖花开"当然也蕴含着诗意。纵观汪远定这6辑作品，是其内心自在的抒发，如清泉石上流，有阳光照射，清浅但却色彩缤纷。集子中有描摹自己初恋的，有写历史人物某个细节和故事的，有吟诵自己的某个旅行目的地的，但大多数还是对于家乡徽州——休宁风物的吟唱。徽州山川秀美，随着旅游成为当今人们的一种生活方式，徽州的每一处景点、每一个角落，乃至每一处边边拐拐都已经有人光临，去过的人们自然都会有自己的四时之咏，纪实或者抒情。汪远定作为他"这一个"，发出自己的声音，同别人不一样，散文诗这种体裁于他无疑是一种上佳的载体。

可喜的是集子里也有着气势恢宏的篇章，这里我想强调一下《比喻句》，四小节，不足1000字，却诗意地写出了他脑中那一瞬间的中国文学史，第三节是这样写的：

"曲尽人情，梨园的秋色呈露金黄和收获。

"救风尘，九儒十丐像自救，秦楼楚馆，一颗风尘的种子埋下因果，成长为一粒蒸不烂煮不熟捶不扁炒不爆响当当的铜豌豆。

"牡丹亭。才子佳人守望的圣地，至情因而流传。杜丽娘和柳梦梅，男欢女爱，他们寻觅的激情苍郁于心底，热辣似乎脱离了那个时代，但没有消亡。他们着装铅华而典雅，个性而纯真，浪漫而崇高。莎翁可曾妒忌他们，哈姆雷特可曾妒忌他们？

"传奇在梨园荡漾，音色布满磁场，众人编织了一件雅俗共赏的秋装，过去在人群中穿梭，而今退却，住进了博物馆，古色古香。"

这样的描述，似乎是熟读了余光中擅长铺排的精妙语句，不过细细研读，感觉归来依旧是少年。

集子中还有少量篇什更接近于散文，不过我觉得归类为散文诗亦属正常，《野草》里面也有《雪》这样的似乎是散文的绝妙散文诗的。

我想汪远定如果以后还专注于散文诗这个"小品种"，明亮的文字固然要常加吟诵，《野草》这部沉郁甚至难懂的散文诗典范更是值得不时揣摩复习研读。

我自己从未涉猎散文诗创作，只是读过一些。汪远定要我作序，难以推辞，就随意写上几句，算是祝贺这位老乡新著《山水之遇》出版。

2018 年 11 月 10 日于合肥

（李平易，黄山市作家协会主席，安徽省作家协会副主席、中国作家协会会员，1991 年毕业于鲁迅文学院创作研究生班。出版中短篇小说集《巨砚》、中篇小说集《留梦的银尘》、散文集《故乡与异乡》等）

目　录

辑一　新安江·赋

辑二 徽州·吟

辑三 家书·信

辑四 节气·歌

辑五　声声·慢

辑六　人物·志

附　录

辑一

新安江·赋

横　江

你长长的一笔，盛开了新安江。

你浅浅的一画，勾出一轴水墨江南。

你虔诚、纯粹，经年的浪花在秋天结出了晶莹的果实。

你是新安的嫡传，徽骆驼，深深地映在你的心扉，你性情儒雅，处喧哗而不变色。

你不是隐士，却归隐无边的田园。

风声过往，在阳光下升腾，午后两点又一次抵达。

一株芙蓉花，一缕书香，渐渐漫过老桥、落石、烟柳，凤湖的月光被你拉长。

一枚新鲜的茶叶，跳出寒波，而松萝正在水中绽放。

你的姿势是风与花的过往，徜徉海阳八景，重返水的故乡，绵延十里不是一朝画廊。

你翘楚东方，带领无数隐逸的水滴，灵动的波光，追逐一群不成章节的诗行。

万丈霞光喂养了你，几只并不陌生的孤鹜从王勃的诗卷里钻出来，一滴水悄悄停泊。

九月，挤出了溢彩流光。

你照见谪仙的杯盏，垂钓秋夜浪漫的时光，打开了盛唐封存的绝唱。

水波和苍穹敞开心扉，悄然返乡。

溪 口

每一条溪流，都有脱俗的名字。

每一簇村落，都沾染水灵。

率水是你的新娘，一段天外的恋情，在大地飞扬。

山河与你共鸣，伫立天籁的耳中，清澈见底。

你整装待发，步履、节拍穿越了二月的春风、八月的秋雨。你开始裸露身体，整座山峰以柔美的曲线，不可雕琢。

你身在仙境，修辞和语言不过浪花泡沫，犹如动情的比喻拍打流水，真切的拟人轻抚草木，连绵的排比衬托青山。

这深闺静养的"溪口"，如愿以偿，如鱼得水，徜徉在笔端神游。

白　际

白是纯洁的信仰。

三千年。三棵树。每一道年轮，封存千年的风霜。

红豆长在高山上，那里的冷是干净的冷，那里的热是孤傲的热，比如，一位七旬长者常念红豆之恋，以模糊的时光之笔，写下一页页故乡深情。

泛黄的纸片，瞬间，惊艳我们的眼睛。

万 安

新安的水遥远，天外无尽地伸展。落地时，发出一声"万安"这绵长的呼唤。

她星夜往返，母亲守在窗檐，遥望万安，不禁发出一声长叹：无梦到万安！

新安从白云深处轻轻地落在万寿山，凹凸的世界，从此回旋。

行走。一段段新安古道，静美天真，不隐藏岁月的斑纹，不夸耀历史的余晖。

一滴静美，一片纯情，流动在水的内核，贮藏在青石板的脊部。

一札札新安竹简和篆书浮出水面，光影模糊却清楚。历史何曾有过新旧，那昔日之新无非今日之旧，而万世万安了无杂念。

古城岩下，浮动的悠悠水蓝桥，漫漫行知路。

渭　桥

　　水依恋桥。桥深入水。

　　水与桥，家住山中的一道风景。

　　或许，一汪水与一座老桥，沿着历史的经脉，弯弯曲曲，总有一段长长的而又隐秘的恋情。

　　六月，一个歌唱灵魂的精灵行走石桥之上，像葡萄一样，快乐地吟唱紫色的歌谣。

　　匍匐在一树树的水上，缠绕蔚蓝的天空，叫醒了一群群神色迷离的男女，干燥、饥渴，抛弃在一座古桥的身后。

　　紫溪河，宛如一支箭镞，射中了雄立天下的双拱桥，沐浴齐云山下徐徐东来的紫气。

　　风水转。御桥修。一条河，行吟千年不够虔诚，昔日满腹牢骚，却像三百多年前的洪流，唯有信仰可以拯救。

　　一座桥，仰止苍穹。

　　呵，清朝那位康熙皇帝，您体恤民情的愿力，终于战胜了洪水，夏风也显得清凉、轻柔。

　　这是渭桥的断章。正如渭河，从未与你邂逅，而你始终难忘初心，像一次心灵的约定：渭桥与渭河交汇，渭桥与西安交汇，渭桥与帝王交汇……

　　渭桥信誓旦旦，与富庶、安定、吉祥，在双拱桥上签下了美好的约定。

蓝 田

蓝田，一个曾因皖南花猪闻名的地方。蓝田之蓝，旋转着一片远古的记忆。

它很优雅，很古朴，如同舌尖上的毛豆腐，散发出浓郁的豆香，不绝如缕。

蓝田，一块块古老的石头会说休宁话。蓝田之田，驻足黄山脚下的另类风光。特异的水土，供养一群不老的生物。

它以六万万年的眼光，注目这里旖旎的风光。游山玩水，何止万万年。

蓝田，一座时空尽头的拱北廊桥。蓝田之水，横贯南北，逾越洪流，将青山拉近，将碧水收藏，带着清风徐徐，映入徽州的窗棂。

它哺育的先贤渐行渐远，风风雨雨，傲立数百年。循着青山、鸟语的方向，一瞬间定格永恒。

蓝田。蓝田。日暖玉生烟的蓝田。翠绿的田埂与蓝天相接，我们隐匿其中，窥探它与白云的缠绵。生命的起源在哪里，蓝田以科学的方式述说光阴，以丰厚的宝藏表达过往。

仰望蓝田，天井山与天连，它是天上一口井?!我们登山情满，新鲜的水笋，脚力刚健的老翁，迎面而来。我们俯身爬行，湿润的泥土，蘸满灵秀与快意，在行者的脚尖肆意流淌。

怪石嶙峋。龙潭虎穴。天井有大山的相伴，不显孤单；大山有天井的滋养，不再彷徨。一条金龙穿行其中，奇峻的山石成为颐养天年的栖息之所，遁隐修行的法力如同眼前那条深不可测的暗河，通向辽阔与远方。

新安江

  新安江的水墨盛开，黄宾虹的白与黑，透亮一切自然色彩。

  壮美，望不尽的寿山初旭；娇柔，踏不遍的绵绵春雨。凤湖、烟柳、老桥、寒波一一远游。

  新安江，自天上来，不曾骄横跋扈，而他的性情远比流水文静。

  新安，水的集大成者，不愿屈居人下的水滴，投奔而来。浩浩江水淹没不了他与日俱增的梦想，疯狂的不是激流，而是河床上升腾的凤舞与龙飞。

  人生若如流水，多美！动静相宜，刚柔相济。

  人生若似新安，无憾！两岸青山，百里画廊。

  新安呵，你喂饱了孩子渴求的目光。

在浙岭

在浙岭，春天隐退，带走了年迈的"同春亭"，消逝的春水——洗去古道的尘埃，石碑上，留下一行行孤寂的私语。

是的，浙岭等我们已经很久。而我们这次来得真不是时候，途中，暴雨、抛锚，暗含征兆。

残垣断壁。昏暗的视线，仿佛要重演那夜几个无耻的强盗，挖空心思，将你的心撕碎。眼前，你已面目全非。

于是，我和同行的友人，散布在吴楚分源的岭顶，以敬畏的姿势，洒下虔诚之泪，一种被暴力摧毁的伤痛，在浙岭蔓延生长。

漫漫。慢慢。行走这个多雨的五月，大地上，古道十八折。浙水的尽头是浙岭。白天，你已安然入睡，用静默的呼吸表示拒绝，不欢迎我们这群不速之客以及更多心怀鬼胎者。

你用凄冷的雨声告别。是孤寂、冷漠、私利压垮了"同春亭"。

一块古碑被迫迁徙，另一块宁为玉碎。脚下，只有无边暗夜和烟雨，粉饰这深山的太平。你膝下的两个孩子，漳前、岭脚，夜夜思念，泪成谷雨。

古徽道上，"同春"是一道分水岭。

休宁——钱塘江。

婺源——长江。

密匝匝的巨块石料，堆砌着徽州的记忆。

五月，以柔水的方式向我们告别，春天消逝的——"同春亭"。

新安源

新安源，休宁的水；

新安源，休宁的茶；

新安源，富春与钱塘的母亲！

新安源，天地之间涌动一泓清泉，饮者四季如春。从六股尖到新安江，她以清冽的姿态、翠绿的肌肤，弹奏一曲大地的和鸣，保持一种自然乡土的写书。

万物生。草木长。新的年轮，火红而润泽，鸟群掠过丛林，在江畔筑巢，用飞动的语言，伫立山前。

草木。怡然。顺着新安江的源头之水，芸芸众生静静体悟"道"的本源。

乐水。好茶。往新安源走走，了却俗世纷争，让自己重返山林怀抱。

做新安源的一枚水滴，还天地本来自由。

临溪东行记

临　溪

临溪。向东。

这片水雾缭绕的土地，因为水，因为人，充满江南烟雨的味道。

我们从横江到率水，再到临溪。水路不远，沿岸绿草如茵。

临溪，身边的风景。中学时代的挚友家住临溪，他的气息是临溪的气息，与之亲近，或许也是一次与临溪的交流。志同道合的人总少不了临溪的影子，一位校长，如此亲切，笔端倾泻的是临溪的水，滔滔不绝。

向东，文学的导师。江畔，唐宋在他那里静静地成长。他的诗论精妙，他的文学充溢清流。他是临溪而行的学者。

三月的阳光慵懒散漫，如同东行的队伍，随风而至，任意东西。我们的眼神，像山涧的鸟雀轻抚临溪，像云朵飘动温情。淡淡的欣喜浸在临溪的水中，春天缓缓流淌，春意渐渐伸展，铺延一脉相承的景色。

瞧！脚下青翠的竹林深入大地，窃听她的柔情蜜意。一种极致的清幽与静美在云端流动，游弋于茫茫竹海。

临溪，我们走进你的内心。

细雨朦胧，牵引着江南的春意。一行绿色的队伍，向东而行。春色落在指尖，她细腻的肌肤，水嫩光鲜，与眼前这轴缤纷娇美的画卷交相辉映。

大　阜

大阜，名字很大，福气很多。

一条十里的春色，从我的记忆里滑过。清澈见底的水，自由行走的鱼，淡然欣喜的人，也从记忆里滑过，不想其他的，只为留下一笔财富，传给大阜的子孙。

大阜，茶园不多，茶香很浓。一路一带，远远地传到十里之外。从茶树的缝隙里，探出几个笑脸，他们都是青春的写作者。将野趣泡浸文字，犹如品味一杯炒青，充溢天然的苦涩。

彩蝶，蜜蜂以及竞相追逐的春风，赶不上摄影的人。他们捕捉大阜，很像捉鱼，速度以秒计算，洒脱得忘掉了时间的规则。

五福临门，在大阜广场上流动，中国汉字的魅力发挥得淋漓尽致。然而，与追逐光影的人相比，它大大地落后了。翰墨的花朵，难以瞬间绽放，旖旎的风光仅存于虚无。我们沉浸在象形的腹地，想象成为一种现实。

或许，大阜正是这个迟到的春天里最好的礼物。她经年珍藏的文字，淡淡的，却也愈发浓墨重彩。

她是大家闺秀，水灵的眼眸，得体的衣着，深深地吸引我们。惬意地躺在她的怀里，保持一种享受的姿势，不经意间，一群陌生的人给她一个熟悉的吻。

我，或者一个轻轻的脚印。

小阜

听！一支山歌从远处山林传来，像一根导线，瞬间引燃了人群。大家欢呼雀跃，围成一团，使劲地呼吸着天空中飘散的甜美的歌声。那一声悠扬的男高音，热辣、缠绵，回味悠长，仿佛要煮沸整个村庄。甜滋滋的歌声，甜滋滋的清泉，如出一辙。

去了一趟小阜，只记住一个人。

这个人有趣，有味，有神。

他一吐一个惊艳，像那曲越剧唱得很美，一点也不像是从他的身体里发出。

他一挥一个隽永，像一尾翰墨里游弋的鱼儿，挣扎着也要快乐地呼吸。

他一吹一朵莲花，像心间盛开的传奇，似乎老去也不想远离梦想的高地。

他叫什么名字，从事什么工作，全不在记忆里。我只记得，他还梦着，继续深入地梦着，像深山里的一枚鲜艳的玫瑰。

寻梦新安无梦客

"洞彻随深浅，皎镜无冬春。千仞写乔树，百丈见游鳞。"（沈约《新安江水至清浅深见底贻京邑游好》）

"清溪清我心，水色异诸水。借问新安江，见底何如此。人行明镜中，鸟度屏风里。"（李白《清溪行》）

"一生痴绝处，无梦到徽州。"（汤显祖《游黄山白岳不果》）

江东文豪沈休文来过这里，留下了清澈的诗章；谪仙李太白来过这里，拾掇了一地曼妙而流动的月光。在这片旷古的版图上，他们的身影皆有诗为证。然而清远道人汤氏却未曾来过，亦有诗为证。他言"无梦"原是心（新）安。

新安是水的天堂、龙的故乡。它五行属水，是水的源头。孔子来过，就曾留下"智者乐水"的长叹。它是中国龙图腾的写真，生活中从未见过的龙潜卧于眼前。诗豪言，"山不在高有仙则名，水不在深有龙则灵"，而这水的尤物，华东的龙头，便从三江之源六股之尖汩汩东流，以浩浩千里之势书写了天上之水奔流入海不复回的奇观。

新安是一部绿色的巨著，比卷帙浩繁的《史记》还要厚重。无梦的子夜，多少次萦回，潺潺的溪水，总让人无限遐想。我有意无意地常翻阅辞海，妄图彻底地读懂"新安"，追根溯源，刨出深埋地下的根须，破解它的密码。谁知，"新安"不解风情，留给我更多的飞白。

从厚厚的典籍里流出，从高高的山冈上泻下，它奔走呼号，悄然落在了人类的指尖，不愧是天然去雕饰的杰作。它在古老的龟甲上雕刻下劳动的场景，从吮吸乳汁开始，轻柔的童谣就摇荡着河床，像无边的岁月漫天生长。这清泉之水亘古流淌，每一瓢里都映着母亲的笑容，每一滴里都泛着母爱的光辉，在夫子喟叹"逝者如斯夫，不舍昼夜"的江畔，儿女们泪流成行思念成双。

横卧在碧水间，悄然绽放在清波里。这里的水，无疑是天底下最静美的花朵。每一滴，都有自己的节拍，或轻或重，用它清澈的灵魂拍打着厚重的光阴。它在夜里说着一口流利的徽州话，将爷爷的故事娓娓道来。爷爷的故事像极了一尾泉水鱼，轻盈自在地游向新安的深处。

"湖经洞庭阔，江入新安清。"孟氏的诗句，引领我们踏歌江渚，寻访漫漫的"唐诗之路"。

"没有到过黄山，不知山有多奇；没有到过新安源，不知水有多美。"长饮源头活水、深受新安文化滋养的本土作家汪红兴先生发出极为朴素的赞叹。

"在小城/这是我每天的必修课/一条被李白多次描绘的河流/披着晚霞的红袍/有时在前，有时在后/更多的时候/我们像一对恋人/并肩同行/一条装载着青峰绿野/飞瀑流泉的河流/我用经年的/或快或慢的步子/打开它内心的秘密。"这流淌白云的腹地，也载动着诗人阿成清澈如水的记忆。

同河流一起行走，同诗歌一起漂流。

我们乘坐的舟楫从远古奔来，从六股尖泻下，一路上会邂逅李白、汪伦、朱熹、唐寅、徐霞客、戴震、胡适、陶行知……

我们从潭影深千尺的江潭、月潭、浮潭悄然流逝遁入渐江，而那搁浅的沙滩，则让我有机会捕捉到远古的波涛以及深藏的浪花。龙湾、江湾、清水湾，每一湾都如永恒的月亮，圆缺无常，行吟无边。月牙缠绕着我们，一弯弯过亿万年。而我，必将倾尽一生去聆听它的一瞬息。

"我无法追赶一条河流的步伐/就像黄昏注定会被黑夜代替/波浪注定会被苍茫代替/我们注定会被时间代替"，每一片闪亮的秋叶，在时间之外诉说秋天。

它把散落的时空串成一条璀璨的珍珠项链，挂在水天之间，令人动容。挺拔的身躯，立于千仞，逾越千载。高山流水击撞着我们的心扉，知音的和弦渐渐奏响。阳光拥抱它，溪水也为它歌唱。每一枚新安之石，都是补天的五彩石，系在苦竹尖的腰上，映射出遥远的春天。

一梦。一树。一千年。祖源神木发出惊人的神力，召唤子子孙孙，重返梦里的故乡。这片世外桃源呵护着后人，"不知有汉，无论魏晋"是传说还是传承？一群年轻的宋代子民，在神木的庇佑下生生不息代代繁衍。从一滴水、一棵树的思念开始，生命竭力向上伸展。

饮水思源。春天为它轻轻地旋转，青翠的柳条又一次点燃了绿水。它是风情的男子，动听的歌声穿越水面，从一端到另一端，一遍遍，摇动了山谷，唤醒大地。风浪拍打着，触动每一块肌肤，传递着这季节的足音，穿越了我的思绪。门前的率水，是娇美的新娘，轻盈婀娜的体态在薄雾里若隐若现。它泛着绿意，荡起涟漪，蕴生出读不尽的万种风情。

以山为父。以泉为母。新安如此的生动，隐居在华东密林深处，白云交际的地方。它积蓄着整个生命的力量，一次次顽强地浇灌这一隅之地，发酵了甘甜，蓬勃了无数个春天。

新安的水不是水，是百余万人民的精神之母。每一滴，都映射出你的元神，照见了你的前世和今生。一滴水和另一滴水讲不完的，仍是爷爷的故事。岁月无情地浸润在水里。

它是灵动的，更是静谧的，像一株千岁的红豆杉，静默地守候在深山。它拥抱江南的云、江南的水，拥抱云水谣。且行且唱，这支动听的山歌陪伴着你，也唯有它清脆的口音，才能穿透幽林，从山谷里升起。

新安呵！你入梦春色，合抱之木正以厚重的年轮，勾勒出你饱满的天庭。你亦载梦昏黄的暮光，让我想起了阔别多年的祖父以及更加遥远的先人。

新安呵！每一滴水，都拥抱并全息了你。你在我的心中荡漾，也在草木和虫鱼的世界里闪光，像一尾会禅思的鱼儿，倾心游向智慧的彼岸。

龙田：山水之遇

　　五月的季风，从北向南，从西向东，踏遍皖南休宁的山与水。

——题记

一

　　龙田。皖浙边陲。向南。向东。

　　穿越黑洞，马金岭隧道睁着乌黑的眼眸，注视着往来过客。

　　山高。水长。路远。在山这边，节气如人，立夏的天空，充盈着水滴的柔软与午后阳光的刚劲。

　　晦暗。阴沉。一匹脱缰的黑马，驰骋在浩渺的天际，驾驭着时空的飞轮，悄无声息地到来。

　　一场风雨，满载大地的怀想。与之邂逅，恰是山水的巧遇。

二

　　立夏的翌日，一扫晴空万里，雨水现身说法，在龙田作云游状。

早起，七点半。我们乘坐客车向浙江开化方向前进。

　　一路上，山青水绿，烟雾缭绕。一枚枚雨滴，仿佛悬在空中或枝头，不停地私语着徽州大地。

　　这一天，山在山里，水在水里，而人在云雾朦胧里，自由自在。

　　在茶籽岭，我们见到了缥缈不定的"龙"，深藏巍巍高山与白云之端；

　　在浯田村，我们拜访一亩亩方塘，井井有条，在幽静的土地上书写着标准的中国汉字"田"；

　　在江田，又邂逅了曾在此地挂职的"丁书记"，他现在虽已回原单位复命，但他养的泉水鱼还在泉水里快乐成长，他的江田日记还在我的记忆里不断续写……

　　龙田。浯田。江田。一望无尽的山路，一眼望穿的山田。在这个十万大山里，大量地用"田"字做村名，实则无田可种，好比是一个俏丽的女子偏偏以"男"字嵌入姓名，似乎是一个谶语、一种慰藉、一种因缺失而寄望的心绪。

三

　　朱熹诗云："半亩方塘一鉴开，天光云影共徘徊。问渠那得清如许，为有源头活水来。"观书如此，泉鱼亦然。

　　一方鱼塘，一泓清泉之流，不时腾跃而出的泉水鱼，似乎是青山、绿水相融相生的尤物。它们轻灵摇曳的身影，映衬着变幻的天空微澜，书写着大地之上龙田鱼跃的清丽容颜，给我们这些慕名而来的造访者留下了一段眷恋的时光。

　　徽州。衢州。赣州。

　　龙田。偏居乡村一隅，却是三州交汇的要地。遥想唐代，婺源脱离休宁的发端即是从这里开始的一次大规模的农民起义运动。这里的山水定然蕴藏了玄妙的天机，曾经见证了历史上众多的大事件。而今，205国道贯穿全境，龙田的扶贫攻坚也走在市县的前列。

它越发洁净、明丽的生态环境，契合其一贯的静默而响亮的姿态，如一条潺潺的溪水从云端倾泻而下，让人邂逅了一处处无名的妙境。

龙田，心怀欣喜，腰间系着一条通透的泉流，让人浮想、流连。它拥有一尘不染的风景以及冰清玉洁的心灵。在蒙蒙细雨里，它这样随意地走进了我们的内心。

四

桃林，顾名思义，桃树成林，这方土地坐拥桃花源的美景，纷飞的彩蝶，娇艳的花朵，芳香的气息……林荫下定然有一段古老而浪漫的爱情。

踏着五月的风、五月的雨滴、五月的足音，悄然而行。

桃林。当之无愧地站立在皖浙两省的墙头。她左右摇晃的是新时代的巨臂。"一大片桃林举起手臂"在诗集里显得清新醒目，让我倍加惊喜。

一个人，一座村庄；一棵树，一片桃林。

桃林。在水口的浓荫里，闲逸的文友寻找着心中密织的爱情。

寻花。问柳。在桃林。

五

大地清玄。泉涌鱼跃。

龙田的美景、美味与美名，口口传颂。她孑然皎然卓然的身姿，让人心仪。

她，处山水之间，流淌着千古的诗经。

她，饮一泓清泉，淡远而甘甜的滋味在唇齿间传递，醇厚绵长而意犹未尽。

龙田。其水，是大地曼妙的诗；其鱼，是天空辽阔的歌。

落笔。生花。雨一路陪伴，像前缀带着方向，或后缀富有感情。她赐予我们十六七个人每人一支妙笔，这十六七支笔就不约而同地落在了龙田的墨雨里。

龙田。泉水鱼在清溪里畅快地嬉戏，任由山林与松涛对弈、鸟雀与水月相和。我们漫步溪畔，慵懒地窥见一群群鱼儿追逐着我们轻盈的脚步。

六

水中捞月。水中鱼跃。

在龙田，我们感受到虚静怀远的清幽之境，感受到泉水鱼在清泉之下、立夏之上的蹁跹起舞。

一群鱼，一群写作者，有着一种天然的共生的默契。

文思泉涌。如鱼得水。或许，他们以平常的功夫，在墨水中捞鱼，以夏天一支蘸墨的笔，在雨中彳亍，章法略显老道，游刃有余。

在龙田，很远的山，很近的水，在一条长长的隧道里私会。大山深处的马金岭，马蹄踏出了青山的风度。

七

雨滴洒在车窗上，地气种在龙田里。

我们在细雨中邂逅了一座"古楼坦"。关于一人一狗的传说，划开一个新时代。

这里的先民来之不易，生活在山里，靠山吃山，这样延续了数千年的古老的农耕文明一去不复返，这样静谧而恬淡的日子也一去不复返。

猎狗终究留了下来。

狗主人为了生计留了下来。

后人把自己的来历留了下来。

狗留坦。古楼坦。

大山深处，一个美丽的村名留了下来。作为大地的标签，镌刻在了广袤的中国地图上。

枧潭：漂流之上

一半是树，一半是水，漂流之上仅有二十几户人家。

这便是枧潭。

秋日的阳光下，一群群游客如鱼儿游走在溪流的深处，自由而欢畅。他们踏足这个村庄，第一眼便望见了参天古树，尤其是那一棵有着 1200 年树龄的枫杨，傲立在桥头河畔，仿佛是一位阅历丰富的长者，临水而歌，吟诵无边的风月，诗、词、曲、赋大概也经历了宋、元、明、清的春光与秋色，而当下的微澜，翻动着岁月沧桑，静静的河流再也载不下满潭的嬉笑。

枧潭。对你轻声呼喊，每一棵古树都是一卷诗书。展卷阅读，每一页，都记录着流年；每一行，都激荡着青春；每一个标点，都承载着力量。

枧潭。对你轻声呼喊，每一棵古树都是这片土地上的飘逸的诗行，本色、质朴，如同婴儿的语言，花鸟的鸣唱。

一首诗，一百行；

一千年，一万章。

枧潭。当历史的狂风一遍遍席卷而来，你岿然不动，向上挺拔，向下生长，扎根在一滴水的中央，汲取一座山的灵光。

枧潭的水口接引一棵棵古树，暗香，残留。涟漪微荡，清风拂动一路风景，枫杨、马尾松、旱柳、枫香……无不挥洒着遒劲的笔意，伸展数百上千年的光阴。

瞧！几十棵大树，一一列队，如铁骑一般刚强，而那三棵旱柳抱团取水，情同手足，展现了水口的繁华与蜜意。

在水一方，对岸的古树林伫立在山脚下，高大的枫树、粗壮的香榧树以及枝繁叶茂的红豆杉、乌桕、梓树，约莫十来棵，它们"夹道欢迎"我们这些不速之客，却也把这秋天打扮得更加丰盈、华美。

枧潭的古树，本是同根生。它们成群结队，溯流而上，书写的是一方山水的极致与生命的坚忍。与之邂逅，我们仿佛梦幻一般，窥见了遥远的地方，那里依旧是古老的模样。漂流之上，依旧是古老的青石板、古老的马头墙、古老的爱情以及古老的传说……

枧潭。若言十年为树木，那么这里到处是百年的"树人"。正是你用夹溪河的源头活水，喂养了一个个生命，从一粒渺小的种子，长成一棵苍天伟岸的大树，从浮动的水面深入，每一枚树叶都坚如磐石，闪动着流年的精彩。

枧潭。饮水的长竹管把一泓清泉引入，洗礼纯洁的恋情。潭水深深，漂流的人群聚集，从欢声笑语里出发，溯源清凉的盛夏，以自然的纯净笔意挥写生命的散章。

枧潭。笕潭。

从一个方块字的形体开始审美，踩着陌生的浪花寻觅熟悉的音节；从一条河流的内心注解漂流，为孤单的河床吟唱流行的诗歌。

枧潭，说出你的心声——开门见山。

枧潭，描摹你的美丽——开门见水。

古木，暗香；漂流，水上。即是枧潭。

岩前：守望齐云

岩前是山，岩前是水，一山名齐云，一水唤横江。

在这灵山秀水之间，横卧着一个不大不小的村庄，这就是岩前。与它隔河相望的是另一个叫作岩脚的村子。

彼岸，紧接着齐云山，如临仙境，如抱佛脚，氤氲着一派仙风与道骨；此岸，接引大佛的是一座古老的登封桥——建于明万历十五年（1587），徐霞客曾两次途经此桥登临齐云山，以及绵延数里的水口林。

漫步在岩前葱绿的树影下，我们不禁怀想当年徐霞客重游齐云山的路线。或许，循迹霞客古道，沿途成荫的古树是唯一生动的时空坐标，它们借助阳光与绿叶的思考，借助大地与河流的遐想，勇敢地怀抱一粒种子的梦想，做一棵"顶天立地"的大树。正是这种不变的力量，催生了这片"英姿勃发"的古树林。它们挺立在岩前的水口，队伍较为庞大，达100棵左右，分列在马路两侧，其中大多为枫杨，不少树龄达到200年。

岩前。枫杨。它们整齐地排列在横江之畔，与一条河流窃窃私语，保持着持久而隐秘的爱情。同时，它们又是一个村庄的卫士，防风、固堤，忠诚地守护着一代代乡民。

遥望横江之水，每一棵枫杨的眼睛里盛满了悲欢。黄宾虹的画卷里有你，郁达夫的散文里有你，你宛如一枚印章，抑或一首长诗，萦回在岩前的水口，而其中饱含的诗意和定力皆如你坚挺的树干、袅娜的枝叶，清清静静地生长在金秋的阳光里。

岩前的古树，似乎都沾染了道家的习气，保持着道家的呼吸。行走在古树、古道上的人群中，道士的模样最为清晰。这里的每一棵古树，就像一个齐云山的道士，他们都有自己的修为，有自己的追求，亦有"人间的烟火"。

岩前，一脉文气。端坐于白岳山前，一棵棵古树沉浸在悠悠岁月之中，远眺当年唐寅、徐霞客等古今名流登山的路线，轻轻翻阅案上一札札泛黄的书页，重现他们当年登山情满的盛宴。当我们思想的风帆停泊在文学巨匠郁达夫的《游白岳齐云之记》里，仿佛跟随他的足印，"过五里亭，过蓝渡，路旁小山溪流极多，地势也在逐渐逐渐的西高上去，十一点半，到了白岳齐云的脚下……"

岩前，古树与横江、登封桥交相辉映，映照出一棵深处秋天的大树的伟岸与深邃，更加凸显了世人的渺小与短暂。而站在登封桥上，水口的月光越发清澈，青山绿水拂面而来，我们又见到了一道黑白相间的亮光，那是"月华"均匀地散落于半圆形的山腰上，在云雾中若隐若现，如梦似幻。

迪岭：水木清华

　　北方。蓝田沉醉在夹源水的清澈的童谣里，乐不思"休"。西岸，晓川；东岸，迪岭；中间是一条鸿沟，流淌着拱北的思绪。从乾隆二十年（1755）至今，一座古桥便风雨兼程，挺立在巍巍大山的出口，它葆有诚毅的品格，反复修缮着岁月的裂痕，筑造了一座光亮的丰碑——"依然拱北"。

　　北方。峰峦叠嶂，山水回环。山水的一端，我们又依稀见到了一棵古老而伟岸的树影。他是迪岭的子孙，亦是该村水口的一棵名贵的古树、一道动人的风景。这棵古树有着超凡脱俗的力量，从诞生汉口之初，就注定了他异常精彩的人生。

　　他，向北而生，在灵山秀水的哺育下，渐渐长成参天的大树，牢牢地守护着北方。他随父亲周聿修西学东渐，从汉口到上海，从中国到美国，手捧耶鲁大学的硕士学位，接着考中进士，被一位没落王朝的皇帝钦点为翰林，后任职外交部，继而大刀阔斧地修建水木清华……道不尽北方旖旎的风光，数不清山高与水长，正如他的名字见证了迪岭的沧桑。他立于水口，已然就是一棵苍天古树的模样。

　　周诒春，令后人无限敬仰。北方，有仙山；北方，有龙潭。踏着"仁者乐山，智者乐水"的幽古的节拍，我们一行人流连山水，以一滴水的姿态游走于一滴水。

　　众生行走，仿佛也是历史长河中的一道树影，尾随溯流而上的鱼群，循迹一座丰盈而古老的河床。

迪岭。广袤的田园，任思绪飞扬，高大的山脉，启迪智慧的星火。

一棵树生长在迪岭，根深叶茂，年轮、枝干沿着季节往返，一圈圈光阴催醒了枯叶，随风而去的树影遁迹廊桥之畔。一枚枯叶凋零，静静地落在时空的尽头，一次次潜入古老的水口，化作尘泥更护花。

北方。拱北桥，依然拱北，在古老的水口，历经十余次修葺，镌刻有十多块功德碑，这是专属于拱北廊桥的风景。长者的话音未落，一道光已然穿越一座时空的桥。横贯南北，逾越洪流，将青山拉近，将碧水收藏，带着清风徐徐，映入徽州四月的窗棂。这是大地的足音。

北方。渐行渐远的先贤，若隐若现的云端，慈善的阳光普照，协作的力量奏响。拱北桥，风风雨雨，傲立数百年，多少白银，多少真金，修筑而成，多少能工，多少巧匠，汇聚而成。遥望南北，拉伸一个长长的镜头，循着青山、鸟语的方向，一瞬间定格永恒。

行走长桥，敦厚的木板、古拙的砖石，热情地亲吻零碎的脚步，窗内的闲适与窗外湍流急促地呼应。雨滴，久久地迷醉在这片芳香的土地。入口，石碑上模糊的字迹，人名与募捐银两一一对应。借助夫子的绝唱，与不舍昼夜的流年逝水对饮，暗访慈善的先民，精巧的工匠，勤劳的农人，抑或采撷一瓣温情的私语。

拱北。隐者的思绪无端，隐逸的步履飘荡，而沉淀后的意念如磐。架设一座时空的桥，向北伸张。

一泓清流从远方奔来，在拱北桥下驻留、回旋，以遒劲的笔力书写地老天荒。访问山中的美景，正如走进乡贤周诒春的故居。粉墙黛瓦，高高的马头墙，一处看似普通的徽州人家。

门前小溪泾渭分明，她狭长的身躯宛若一条伸缩时空的经纬，让我们与之隔河相望。彼岸，不止无边的黑夜。思慕，仰止，高山上的高山。从孙中山的秘书，到清华校长，从革命摇篮，到清华园，筚路蓝缕之功在浩瀚的史册里流芳。

遥望迪岭，水口处风情万种，一边是拱北廊桥，一边是水木清华。

金龙山：近水浅唱

"山不在高有仙则名，水不在深有龙则灵"，在金龙山上细细品咂诗豪刘禹锡的诗句，颇有余味，甚至在远山、近水、浅唱之间，随性而至，极易寻觅到一种浓郁的诗意以及一缕空灵的气息。

金龙山。稳坐尘世之外，江山为之绕道，游人望而却步。路漫漫其修远，山巍巍其峻峭。它穿行于黄白之间，兼有黄山白岳的锦绣与壮美。

金龙山。站在海拔近千米的高山上，回望上山的风景——路实在陡峭、逼仄，让人心有余悸，那一刻车马劳顿近乎停滞在蜿蜒曲折的山路中间，我们同行的三个人吃力地迈开脚步，缓缓前行。如今，"爬山"是一个渐行渐远的词汇，它因便捷的交通淡出人们的生活。然而，这一次慕名拜访金龙山，却是实实在在地感受到大山的巍峨与登山的不易。等到一个相对平缓的地段，我们又感受到一种莫名的欣喜，"无限风光在险峰"似乎写的就是这里。

或许，江南的山水胜境不过像金龙山一般，只是它遁隐在万山深处、休宁蓝田的一隅。这里的风光是自然的诗章，广袤的茶园、翠绿的竹林，还有出入云端的古树——两棵高大的枫树似乎是遗落人间的两行诗。它粗大而遒劲的枝干，在金龙山上挥写时光的力量；它枝繁叶茂，以蓬勃的笔力安静地生长注解着金龙山。

"原名叫羽衣山，据说古时的羽衣山水口下树大林密，四周皆竹，从山下看羽衣山，根本看不见村庄。羽衣山什么时候又被叫作金龙山了呢，这要得益于山上有座远近闻名的金龙寺……"从一段文字里了解到它的名字由来，从"白云人家"客栈的女主人那里，听到了更多生动、有趣的声音。我们不仅赞叹这里旖旎的自然风光，更加惊叹先民的创造，那一大片一大片的数百亩的茶园，层层叠叠的梯田，诗意飘落的枫叶，粉墙黛瓦的村落，还有数年前消逝的事物，或被破坏或被砍伐，古老的祠堂、水口林，尤其是那一棵古老的皂荚树，是否还能醒来向我们细致地描摹光阴，动情地述说过往。

"远上寒山石径斜，白云生处有人家。停车坐爱枫林晚，霜叶红于二月花。"漫步秋天的金龙山，弥漫着金龙雀舌的醇香，唐代诗人杜牧的笔下徐徐铺开了一条通往金龙山的神秘的大道。

新安有一条河叫横江

新安。这是一个神秘的地带。它有着黑白相间的色泽、刚柔相济的性格。这里的山能赋诗，这里的水会歌唱，这里的鸟儿也识文，这里的蝴蝶懂禅悟……这儿，是"东"亦是"南"，诸如闻名遐迩的"中国第一状元县"休宁，素有"东南邹鲁"的美誉。

新安。这是一方灵异的水土。它或以大山（黄山）为界，或以大水（新安江）为线，将大地之上最温情的"山水"赐予了这里的人们。历史从这里走来，我们仍可清晰地分辨出——活字印刷的轻盈，"漆园誓师"的豪言，珠算的脆响，铁路的轰鸣以及新安画派的精深笔墨。这里诞生了大批的学者、诗人、文学家、画家，像朱熹、戴震、程大位、毕昇、胡适、陶行知、苏雪林、黄宾虹……这些大家耳熟能详的名字背后，都有着一条属于自己的"水"系。"横江"即是其中最为重要的一支水源。

新安孕育了横江，横江也孕育了新安。从黄山南麓折向东南，渔亭、齐云、海阳、万安、屯溪，这些氤氲在横江之畔的美丽，如百余里长的横江之水汩汩流淌，似九百九十平方公里的芳草之地，占尽新安的风华，成就了轻灵、纯正的水脉。

水是大自然的尤物。它无形，无色，无味，却可容身于万象、万物。在新安的版图上，横江之水犹如纤纤玉手，与率水交相辉映，仿佛左膀与右臂，当这两只手轻轻相扣，就足以蕴生出一派清明祥和的图景。

横江有很多别名，像吉阳水、东港、白鹤溪，可是哪一个名字不富有诗意？毋庸置疑，你定然是一位美男子，有着粗壮的身体，姿态又如此矫健，似有永远使不完的气力，你用心照料着妻儿，丝毫不像莽夫壮汉，你的体贴与细腻简直超过了所有的女人。儿女们为你点赞，妻子更为你动容。与君相守，定是一件天底下最幸福浪漫的事。

横江！我也是你的孩子。都说父爱如山，而我却言父爱如水。时光见证——你用生命喂养我、呵护我！我娇小的身躯因此从未感到寒冷。秋天，你灵动飘逸的气息，时刻浸润我的心田。落木。萧瑟。你依旧清澈，细水长流。昔日，调皮捣蛋的孩子，躲藏在你明澈的眼眸里，趁着夜色，荡起一阵阵涟漪，演绎一段段传奇。你的嗓门很低，不动声色。儿女们却个个英姿勃发，聪颖过人。齐云。海阳。万安。他们或修道成仙，或蟾宫折桂，或罗盘风水。

你凌波微步，无端的线条自由穿梭，时空被"一"画上了完满的符号。东方，万寿山与古城岩书写了你的力量，水蓝桥点破了你的惆怅。你对话天地与山水，蕴生出一种亘古的力量，这玄妙的意境，阴阳相谐，"一"生万物。横江的情怀，如风似雨。浪漫而不娇柔，肆意而不放纵。泼得出去收得回来。你来自深山，却不拘泥于一座大山，来自天上却也横贯天下。

你不甘寂寞，拼尽浑身气力，发愿、立志，为"江"正名。你的霸气、豪情，天下无人能及。其实，"横江"就是"一"水，而横穿这座小城，也是"一"。小城很小，"一"很多。十九位"状元"即是"一"的简笔，他们集聚这里，书写状元的福地。但一条河流如此命名，不加渲染，足见大丈夫的胸襟。横江，水的集大成者。每一滴横江水，都满载梦想，他的疯狂不亚于一场龙飞与凤舞的较量。秋天的横江，荡漾着远人的情丝，从一群孤鹜的追逐开始。

横江！你以流水的方式，不愿屈居人下，平庸一生。历史赋予你生机。康熙、乾隆从你的身体里穿过，你有龙的神灵。现实给予你力量。跨省联姻，美满的家庭，孕育了精华的篇章。你的孩子无一不是天之骄子，在大地之上播撒着幸福而永恒的阳光。

齐云山：不负天地与江南

　　神秀天开，梦枕江南。

　　三百年前的"十全老人"登山情满，高赞"天下无双胜境，江南第一名山"！

　　巍巍乎，高山。此般高昂的情致与超凡的气度，出自帝王，亦与殊胜的道源有关。

　　诗豪刘禹锡说"山不在高，有仙则名"，道教名山又岂能不名？

　　仙气飘然的月华街上，每一位游客皆入"仙"班。

　　行走在陡峭的山壁间，布满青苔的石阶上，氤氲着万卷诗意，悠悠岁月沉淀着厚厚的道学修养，渐渐温润和滋养了这枚仙丹。

　　轻轻地抚弄白云，雾绕云蒸的思绪也紧随一条通天的古道向上延展。

　　风水圆融，厚积多雨的梦境，香炉端坐山巅，点化繁芜的尘世。

　　这是一座名山的语言。

　　一泓清泉，暗流时空的内核，在古老而年轻的徽州大地上默默流淌。

　　梦境。月光。起伏的雨滴打湿了王维的衣襟，勾起杜牧的怀想，惹恼了谪仙，感动了杜甫，幽古的诗词从江南的梦里醒来，且歌且舞，灵动千载的思绪。永和九年的兰亭仿佛在眼前生动起来，"此地有崇山峻岭，茂林修竹，又有清流急湍，映带左右，引以为流觞曲水，列坐其次。虽无丝竹管弦之盛，一觞一咏，亦足以畅叙幽情……"的确，这里琴瑟悠扬，群贤满座，清曲流觞，淡酒弥香，翠竹葱茏，曲水潺潺，书圣亲临，儒雅风范，天地交融，泉水欢唱，百鸟争鸣，月华独享。

这方空灵的天地，只在齐云山上。

齐云之水，一如江南沉稳的脉动。宛若明镜，亦如慧眼，照见众生诡异的人心。日子陷入水中，邂逅了一场场浑浊的战役。

历史和地壳一般，波澜不惊抑或千钧一发。

梦境中，一声高亢的啼鸣，划破晨曦的微茫，冲淡了历史的沧桑。

"也无风雨也无情。"鱼贯而入的夜的种子，敞开了三月的心扉，在溪水里寻找自己的土壤。

圆润的水珠，以乾坤的笔意、黑白的格局，书写了一种相守的力量。

齐云之山，亦为江南神奇的力量。

古道盘桓，从江南到江南，抵达一片紫色的霞光。

掸去尘埃，轻轻翻转"江南第一名山"。

从一个人的内心开始，以清净、慈善、高远的姿势，膜拜山上的一草一木以及灵性十足的齐云山石。唯有心怀道境，江南才能永葆温润的灵魂。

名山。江南。

称之无双，是为激赞；誉其"第一"，亦为褒奖。

历史是否有不能承受之轻，我们唯有保持静默的本色。

山河醉，云飞扬，诗酒如风，高歌江南。

名山归来！美哉江南！

辑 二

徽 州 · 吟

儒　村

　　休宁"儒村",是我迄今见到的最为儒雅的村庄名字。

　　它的水口伫立着一棵古樟,高大而突兀,仿佛是一位身份特殊的村民。它不言语,不走动,只是默默地、静静地守护着儒村。它用生命注解着这片古老的村落。听住在附近的老人说,1982 年、2015 年严冬的两次大冻,它的元气大伤,日益稀疏的枝叶像极了耄耋老人的鬓发,微微震颤的手脚经不住一阵风、一场雨。它渐入老境,身上挂着的一块招牌:"200 年香樟",不知是否符实,反正我们同行的人无不感到惊诧,200 年的古樟树有这么粗大?无疑,是林业部门的疏忽,因为这样的大树实在不多,它的腰身需要数人方能合围,估计至少也得有 500 年。

　　或许,一棵古树,遗世独立,一定是禅悟到天地的玄机,哪怕老去也是一曲集日月精华的绝唱,亦如李商隐吟咏的诗章:"锦瑟无端五十弦,一弦一柱思华年。庄生晓梦迷蝴蝶,望帝春心托杜鹃。沧海月明珠有泪,蓝田日暖玉生烟。此情可待成追忆,只是当时已惘然。"

　　行走儒村,我们嗅到了不一般的乡土的味道:在儒村"儒"味很浓。村头的"麟圣博物馆",给了我们惊喜与答案。正如村名,"儒村"的确是大儒栖居之地。馆长告诉我们,宋代大儒朱熹曾在儒村讲学,馆内珍藏有当年朱熹在当地讲学的讲义与书院的匾额碑刻，一片片浓墨重彩的历史凝缩在文物里，放大在岁月的某一片段之中。我想，在漂泊异乡的儒者心底，一棵足够幽远的香樟，撑起的是一片天堂，那里的徽州依旧是徽州，像珍藏博物馆内的一朵圣洁的莲花敬献先祖汪华，像朱熹在儒村讲学授课的情状历历在目。儒村本就是徽州读书人的典型村庄，或耕读乡野，或入世为官，或亦商亦儒，总之这方耕读传家的神奇土地给予的莫非"儒家"的传世力量。

磻　村

　　说起磻村，你或许不清楚，但提及"三棵树"，你就熟悉了不少。细究"磻"来，也别具一番风味。据说是水口南岸那头石牛用健壮的四肢在北岸耕耘而成，一大片山田，八十八丘之多，谓之"磻"；而该村又临河而建，谓之"溪"。所以，这片古老的土地——"磻溪"便充满了一种浓郁的农耕文明的气息。或许，每一个季节，守望一份温暖。

　　磻村的水口处，原本林木葱郁，成片的水口林蔚为大观，而今三棵树早已闻名遐迩。这三棵苦槠树历经千年洗礼，也越发精神。它挺立在翠绿的茶园中间，像一支巨笔饱蘸夹源河甘洌的溪水，在这片神奇的土地上书写久远的记忆与浓浓的乡情。三棵树下书写"三让"的传奇，正如村口"延陵旧里"，一道青石匾书铭刻的是吴氏的血脉，先祖吴泰伯让贤、让理、让财的义举令人敬重，其三让天下的行为受到了孔子的赞誉，被尊为"至德之人"。而这种贯穿其中的崇高的宗族精神，如夹源河水源远流长、世代相传。

　　三棵树陪伴"濙潭桥"走过近三百年。夹源河，东坑河回流于此；"水面风迴""天心月暎"交汇于此。这座修建于清康熙五十七年（雍正四年即 1726 年重建）的石拱桥，二墩三孔，四十二米长，七米宽，八米高的古廊桥，为当初休宁北乡唯一的一座带有桥廊的石拱桥。桥北上龙山坡上原是吴氏家庙，供奉着四大金刚菩萨，内有建筑恢宏的"大雄宝殿"，可惜的是如今已全无踪影。

三棵树守望着千年磻村。我们站在三棵树下，尽情欣赏着磻村的美景，仿佛隐约见到了它昔日的风光——中门厅、楼下厅、贵阳厅、大雅厅、新厅，这五座吴氏宗祠分别位于村子的不同方位，也似乎看到了当地乡贤、原休宁中学教师吴守彬先生在《休宁北乡千年古村落——磻村》一文中所描述的古老村貌："依山临河，呈船形，三华里的长街及后街贯穿全村，平坦光泽的路面由云头纹的褐色石板铺就，下有排水道通河，路上从不积水。街边的店堂屋舍整齐连片，错落有致，墙上镶着刻有花草、鱼虫、飞禽走兽、神话故事的石砖、木竹雕饰。"

磻村。水口。三棵树。一个大大的磻村街，一处灵秀的水口，一道千年的风景线。年轮在年轮里耕耘、翻转，一棵树成了一道风景，三棵树便成了一群风景。正如美丽的传说，它们发挥着"许愿树"的能量，至今还散发着爱情的芬芳，像深陷爱情的年轻男女金龙和银凤，他们俩青梅竹马与追求爱恋的故事还在传颂。一代代人，都将美好镌刻在红布条上，系挂在三棵树间，只要用心祈福，虔诚祷告，就能如愿以偿。

状元阁

　　黄昏，微雨。我独自漫步，妻子和同事们聚餐去了，而我在随意地解决温饱之后，开始了精神食物的寻觅。

　　在这个小小县城，我的去处，不过九十九个台阶，以及台阶之上的状元阁。

　　状元阁还年轻，但季老提笔写下"状元阁"时，很老，很沉。我虔敬地仰望牌匾上的大字，一个、一个、一个，落到了我的掌心，轻轻，盈盈，静静，谧谧。

　　季老的书房门已被推开，状元阁内的老者，将一张遒劲的书法递与我。

　　我笑了，天外亮的灯，是我虔诚的祝福。

月华街

月华，静夜悄悄遁隐，在一个古老的皖南村落，修道成仙。

月华，潜入街心那一弯月牙形水池，窥探玄奥之天机。

天地。神灵。

月华宛若一枚仙丹，隐现于此——中国四大道教圣地之一的齐云山上。

寻觅一种幽古的情愫以及深厚的足迹，我们莫不服膺于天地的神奇。

道教。信徒。香客。

齐云山。自由的道场，斋戒，忌酒，娶妻，生子，代代传承。

行走一种缥缈的仙境，太素宫、玉虚宫等一座座道观，紫霄崖、方腊寨、小壶天等一处处崖刻以及风流才子唐伯虎的书法碑文，都承载着人间天上的千古情思，而一方时空的飞白则赋予我们无限的遐想。

行走一条文明的脉络，月华的香火点亮了时空暗夜。

唐寅把风流留下，徐霞客把游记留下，而我们把内心的灵秀和诗意留下。

月华初上，如梦似幻的道境弥漫开来，唤醒了我们。

石屋坑

    石头，这坚硬的名字，从红色的记忆里迸出，喷涌着八十年来不褪的血色与青春。

    鲜红的党旗开山劈石，鲜红的烙印如同石屋，用一块块磐石垒砌，一道蓬勃而厚重的风景。

    阳光，热烈的鼓掌，激荡着寂寞的烈士陵园，清澈的溪流在村口回环，穿越流芳亭的悲鸣，而新安源头的杜鹃，接住一个个春天，以及凝固的红色丰碑。

    一个人，端坐季节的深处，风雨如晦的日子一去不复返。

    乌云、闪电、狂风，夜袭，紧逼着中共皖浙赣省委。

    岸边，这块石头醒来。

    一道红光，石破天惊。

    它坚不可摧，像一枚枚红宝石，镶嵌在大山深处。

山村旧书

　　齐云山下，一户农家门口，一株桂花树下，金色的花瓣被蜂蝶簇拥着，浓浓的桂花香扑面而来，不绝如缕。珊坑村支书带我们去采访的地方，碰巧是这户人家。主人徐万亿老伯连忙停下手中的农活。他话头不多，急着去找一本书。发黄且破损的书——《家乡记忆》，是当年从大洋彼岸过来的。方万钧先生生长于斯，他与徐老是童年的玩伴。岁月融化了山村，融化了少年的容颜，但无法融化一颗赤子的情怀。少年不知愁滋味，而今老翁却珍藏着一封封发黄的书信。他在遥远的加拿大写出一行行梦里的山村。

　　我们放慢脚步，驻足欣赏"珊坑"这道山中的风景。沿着狭窄的小道，穿过一大片一大片的稻田，领略到方万钧先生对珊坑"有山有水沃美的山村"的描述。经过一座小桥，几块菜地，逼仄的小道的一端便是几棵粗大的枫杨。它们站立在东亭河畔，或许已有数百年的光景。

　　那么醒目，那么高大，我们远远地就望见了。走近它们，这四棵高大的古树将根须深深地埋进河流里，水的欢畅淹没了树的寂寞。一年年，一季季，或丰盈，或干枯，总能听到它们自由生长的声音，水面之上映照出它们追逐阳光的身影。

古老的珊坑渐行渐远，古老的枫杨树越来越近。触摸山村的经脉，是大地上一曲田园山水的独奏与绝响。与徐老告别，我们带走了他家庭院内那株桂花千万缕的清香，同时带走了一部情意隽永的乡书。

春色徽州

一

春天来了，桃树笑得绯红，平素矜持的徽州姑娘也跟着开怀一笑，绽露一种久违的自然的纯美。

春天来了，梅花打开馨香的玉臂，热情地拥抱一群热爱生命的人们。漫山遍野的梅花，如此灿烂的笑意，感染了所有可爱的精灵。

春天来了，油菜花醒了，坦然接受着一场如油般黏稠的春雨的滋润，也油油地往上生长，接引一片片午后的阳光，镀上金黄的色泽。

春天来了，杜鹃欢叫着，鲜红的歌声穿越崇山峻岭，一遍又一遍，映红了徽州大地。

春天在哪里？春天驻守在花的内心。你若不信，请你来到徽州，亲自打开一页江南的春色，倾听每一朵桃花的呼吸，阅读每一枝梅花的品格，与每一簇杜鹃放情嬉笑，与每一片金黄的油菜窃窃私语。你若不信，江南的春意全然浓缩在一瓣花香里，这里贮藏着流年最美的风情。

二

金佛山。休宁城郊的一座名山，金佛是护花的尊神，他一诺千金，花仙子在此清静地修行。

金佛山脚下的富财村，被上万株梅花簇拥着，这些数不清的各色的花瓣紧紧地怀抱着一座金佛山的春天。据说这里的梅花，大多有上百年的树龄，难怪乎树枝尤其繁密，清香格外扑鼻。

这里的春天，是梅花的春天。纵眼望去，漫山遍野的红、粉、黄、白……色调整齐而错落，缤纷而雅致，于姹紫嫣红之中保持一种清新脱俗的本色。与之相视，顿生"君子之交淡如水"的灵悟。细细品读这眼前的"梅花"，该是诗书之外最美的花朵，她让金佛山的早春显得那么端庄典雅。

金佛。梅花。缘分来了，花便开了。这山的精灵，待到初春时节，万棵梅花竞相开放。我们大饱眼福。

三

灵山。油菜花悄悄地盛开，三月的徽州镀满金黄。在一个小山坡上，我们与无边的花海相约，又与蜂蝶邂逅，在巴掌大的地方听到了南腔北调，还有日韩、欧美的语言。他们来这赏花，新奇地看到一个以油代水的水灵的村落。

灵山的油菜花开得浓艳，而附近的呈坎、蜀源也不逊色，稍远的休宁祖源、南坑、蓝田，歙县霞坑、昌溪、雄村，黟县渔亭、宏村、南屏，婺源篁岭，祁门渚口等皆是油菜花的闺房，粉嫩、娇艳而华贵的色泽在镜头前快速传递着，游客们乘兴而来，尽兴而归，一个个行囊里盛满了春色。

三月，灵山等待我们的到来，徽州大地也在翘首期待。当我们放下一切红尘，回到这里享受洁净与芳香，欣赏一座富丽堂皇的春天吧。

试着搁浅纷繁琐碎的生活，归隐静谧恬美而简约的山林，将整个身心轻轻安顿在徽州大地，来油菜花的王国放飞轻盈的美梦。

四

四月的徽州，桃花笑得灿烂。以桃花为名，黟县的桃花源，散发出一种独特的幽香，好像"缘溪行，忘路之远近。忽逢桃花林，夹岸数百步，中无杂树，芳草鲜美，落英缤纷"的东晋大文豪陶渊明隐没在这片桃林，他的足迹有了浓烈的桃花的气息。

这片土地，并非徒有虚名，一带桃花一路景。这是桃花源的胜境，仅在碧阳五里之地，千亩桃林，花海万顷。粉嫩的花瓣，像少女的脸庞，一树树艳丽的桃花宛如一个个盛开的美人儿，娇艳欲滴，让人垂涎不已。她朵朵悄然绽放，却难掩青春的气息，而我们跋山涉水，行程千里，也不愿遗落大师笔下的桃花源以及桃花那般千古的风韵与神采。

如水徽州

微笑是天空的花朵，波浪是河流的花朵，而你淡雅如水，又灿若故乡的花朵。

放眼，经年的浪花，诉说一种姿势。虚怀若谷的晶莹里，每每蓄势绽放。

徽州，陌巷的深处斑斑驳驳，先贤浅浅的痕迹，意味淡淡的江南，一轴长卷铺开，轻轻收获了虔诚的花朵。

水是阳光的集合。一轮明月或一弯新月，在水的眼睛里发光，照见新安的嫡传。

徽骆驼，深深地映在你的心扉。一泓清流，一种如水的隐者，藏身儒雅的书斋。

独立。本色。一阵风惊扰阳光，一缕书香漫过烟柳，凤湖的月光泡出一杯新茶，而松萝绽放了寒波。

物语徽州

　　徽州。江南。江南。徽州。文字在江南与徽州的年轮里生长。他在意的徽州黑白，他在意的春光满园，他在意的一切事物，格外的劲道和光亮。

　　他说，凹下去的成了砚池，凸起来的成了牌坊。

　　他说，好东西能触及生活的深度、心里最柔软的部分。

　　他说，写作者没有语言，是做不好一个写作者的。

　　干净。准确。他苦口婆心，循循善诱，不止一次地指出我文字内部的漏洞。

　　徽州物语，将一个诗人的徽州情缘娓娓道来。他信手拈来的一个个如诗般晶莹的句子，肆意放逐着旧地、草场、徽菜以及醉温泉、晒袍滩、棋盘村……

黑白徽州

一

黑白。徽州。

顺流而下,竹筏轻轻抚摸过新安江,漂荡、远去。

马头墙和马,繁衍着相同的后代。青丝,翘首期盼中唯一的标志物。雕镂,浓密的盆景,窗里窗外都在蔓延。

溪流淙淙,涣洗着岁月,质朴——淌过黄山、白岳的额头,正枕着诗唐李白的仙境。像一块脚印,在流水中渐次拉长。夏日的冰凉,从脚下抒情,一个人,静静的。

古村落的身影,眷侣们着装黑白,深情在凝望里开始失陷。一个时代怎样地被镌刻、涂抹了?曾经一叶孤舟,漂泊,以及迷雾重重。

守望。爱情蜕化,唯有贞节牌坊留下。她常常怀着这样尖锐的梦,像竹笋的脉络,季节分明。

白纸、黑字遍地扎根,当春天来临,泥土孕育的文书夜里抽穗拔节,长势很旺。

二

粉红。扬州。

烟花三月的燕子，轻舞飞扬，柔情缠绵，包容水的质感和玫瑰的芬芳。

子城、罗城，将她的细腰映衬她的丰乳肥臀，邗沟运河如一条金链子，南北悬垂，熠熠生辉。

驻留瘦西湖，迎面杨柳风。夏日的女郎——粉红，光线透明，更多的眼睛，更多的空洞，胴体冰冷、浑浊。

某处遗址，居住在她的下半身。孕育一千年以后，生下与风流无关的陶瓷。唐三彩，点亮了那时以及此刻的夜空。

三

绿色。苏州。

"江南园林甲天下，苏州园林甲江南。"带着这幅古老而动听的对联，泛舟误入明朝。

拙政、留园以及十二座湖石峰，途经宋朝，偶遇了一位五百岁的皇帝，长满绿色的胡子、绿色的长发和绿色的声音。

他说绿是春天。如同敬亭的遗韵，评弹的清香，行走原来可以这样——漫漫而无疆。

依水而筑，一座城市的盘门，微妙地勾勒出她江南的性格。

迂曲的吴门桥有水也有路，细石堆垒，精镂镶嵌，"俯看流泉仰听风"，躺在伯虎的山水间，聆听一段被称作雅士的浮生曲，咀嚼蹉跎的辞藻。

四

银白。杭州。

湖光银白，点缀了富贵的容颜。当年轮流转至宋，她开始色变，娇柔。

从南宋的街市行走至天堂的街市，银河端坐在西湖的两端。狭长、分裂，一个人的脸庞愈加苍白和消瘦。

走南闯北，大运河一直在寻觅她的根部，累了钻进静谧的泥土。而用宋朝石板铺成的道路，在别人眼里是御街，在她看来莫如小桥。轮廓很熟稔，也很低调。

亭台抚摸一边的楼阁，寺庙连接着绵绵的精舍。这是夜的内河。古人的声音，如置旷野，穿透如镜的湖面，片片银白的本色，残留。

五

紫色。金陵。

六朝一梦，随那时的秦淮河水流向无名的远方。青溪，乌衣巷，留下了东晋王谢的家谱，演绎一段美谈。富贵、清凉山，在城中张望，将身体上的细节也枝藤般触丝扩张，包罗栩栩众相。

当历史给她涂抹上紫色的花纹，是荣誉还是忧伤？莫愁湖水掺杂过少女的不堪，也暗示过帝王的哀伤。

雨花石，据说是一种灵石，梁代高僧云光法师讲经的场景已经久远，但其中的故事还在延续。天上坠花如雨可能是陨石现象，也可能是一次历史的漏光！高僧读破天书，天落下沉重的泪珠；高僧读破人世，历史也做了一次泪状。

紫色，忧伤而高贵的颜色，点染这座古老的金陵城，让夜也渐进尾声。

篱笆村落

这片土地肥沃，这里果蔬飘香，每个季节都是丰收的季节。

琶村，徽州一隅。水灵的姑娘，在琵琶美妙的声音里溢出少女的柔情。临近琵琶塘，青翠的竹篮满载春天与暖意。

纯朴的农人在故乡精耕细作，播种一种久远而精深的农耕文明。丰乐河水在村口浅吟低唱，汩汩流淌了多少春光。琶村的一年，草木静候佳音；琶村的一天，候鸟驻足缠绵。候鸟的内心延续一种朝圣的路线。

故园徽州，深长的停顿，如候鸟的姿势。流年的语调，抑扬婉转。恰如耳畔的一曲琵琶，迎着正午的阳光往返。琶村的门像一片静美的落叶，无声无息，吹动八方来客的心。

在琶村村史馆内，同行的友人一字排开，仿佛提着竹篮打水的稚子，将春天的气息收拢在红红的"春"字里。祁门莫和尚的唱词犹在耳畔，红红绿绿的走山青年还在山里转悠，他们仿佛山间盛开的野花，一簇簇，点缀着偏远乡野的寂寥与空旷。

进村前，朋友微信告知会合的地名写成"笆村"，让我误以为是篱笆上的村落，于是，听到一种山涧流水的声响，看到茂林修竹的瘦长笔意，享受到一种虚空却实在的禅境。

逍遥齐云

　　齐云山，每一次重游，皆能唤醒内心的期待，它不变的道境与变幻的云彩相得益彰，充盈亘古而灵动的气息。

　　齐云山，是山，是云，是不息的岁月的脚步。

　　而我们，走得多了，山越来越高，路也越来越长。

　　风雨中，驻足，欣赏，更添了一份敬畏，多了一种寻味。

　　齐云山。爬山的感觉很像四百年前，一位伟大而平凡的旅行者，三十而立，停留在飞雪曼舞的山上。

　　重游一座山，需要勇气，多少个日夜，寻访山中一道道无名的风景。

　　1616。1618。游走在苍茫的时空里，我们试图寻找游圣的足迹。借一盏微弱的灯火，窥见你又一次登临齐云山。

　　重游他行走的路线，荒芜之中尽显古拙之美。像兄弟一样的年纪，像兄弟一样的情怀，像兄弟一样的行走江南。只是，你用心记录了往返的漫长，素描了光阴的脸庞。

　　你从明朝走来，又徐徐地回到明朝。岁月之上，布满名山大川。

　　我们近在咫尺，却隔岸观火。

　　第一次来，你没有看够——齐云山的路太长、太长。飞雪，漫过了1616年。

　　第二次来，你还没有看够。这一年我们同岁。我知道，重游齐云山，是对一去不复返的日子最坚决的反抗。

绕着你的游记，我登上齐云山。亭阁长出了翅膀，四百年的光阴闪亮。金光，向远方飞翔。清风与我们攀谈，步履沉重而轻盈。寻古的情丝，掠过你的衣袖，冲散了朝秦暮楚的游人。

齐云山。正月冒雪，蹑冰，灯火，阑珊。一群不速之客，执意闯入傲慢的冬夜，线条跋山涉水，笔墨缓缓释放。

流年，打不开一朵雪花以及年轻人的冬天。这座榔梅庵久久停留，扇动二十一个春天，像我们无声的行走。镜头从古道闪过，这挥之不去的瞬间最为漫长。

六天。四百年。我们往返其中，注定成为逍遥的过客。

仰止仰山

山高。路远。人稀。

面朝仰山的正途。

七月流火，九月授衣。

这是一个清凉的夏天，因为一座山，也因为一条路。

仰止仰山。我第一次听说"仰山"的芳名，就已深深地喜欢上这座山以及它的名字。它仿佛是天、地、人三者之间的通灵信物，从山脚到山顶亦如从大地到天空，站立在它的面前，我们愈显渺小，唯有保持一种仰望的姿势，方能与之幽峻的山峰对语，与湛蓝的天空亲昵。

古道沧桑。布满青苔的石板引领我们穿行在农历七月初六的晨曦之中，一头连着徽州，一头连着浙江，望不尽的是脚底下绵延的台阶，漫长的古道仿佛在静默地诉说着历史沧桑。我们在幽深的古道上行走，云雾弥漫的山谷间留下了我们一行8人的跫然足音。

我心仰止。在乎跋山涉水之艰险，不在乎登山路途之修远；我心敬畏，上下求索昔日仰山的踪迹，发愿用笨拙的文字记述此去仰山路上所见的古朴幽微的灵圣风景。

仰山寺

高高的芦苇地。深深的杂草丛。累累的残砖堆。茫茫的尘埃里。

仰山寺在何方？它藏身经卷之中，亦藏身红尘之外。或传说，或事实，1950 年以及更早以前的那场大火与红尘有关。恬不知耻的花和尚不仅玷污了一群美丽的女人，而且严重亵渎了神灵。他们自食恶果，仰山寺因其孽缘也毁于一旦。昔日香火鼎盛的仰山淡出了信徒的生活视线，梵音与佛像渐行渐远，而今已然消失殆尽。

怀揣着经书与敬仰，踏上寻访的征途。

岭顶。山路。微雨。浓浓的雾气弥漫整个山谷，望不见众人行进的脚步。

一段老石板路，一行长满了野生箬叶的旅途，肥肥的，绿绿的，新鲜的晶莹的露珠仿佛是仰山清澈的明眸，与之对视，感受到一种久违的禅意与一缕柔软的轻盈。

一条小溪从视线里跃出，潺潺的流水声宛如一支仙曲，流入我们干渴的心田，大家的步子都轻快了很多。

向左。向右。

循着指路的方向，只见一棵大树伫立在水口，四周除了草木，还是草木，不见寺庙的一丝踪迹。

石刻群

仰山石刻，一道靓丽风景。

古道穿行于巨石中间，一侧是峭壁悬崖，另一侧是深渊万丈，惊险的道路增添了我们行程的波澜，而岿然不动的石刻又让我们气定神闲。沿途沧桑而古朴的石刻，诸如"一善亭""仰山法界""返照""龙湫"等潜入磐石，错落有致，辉映着深远的历史天空，令观赏者心旷神怡，回味悠长。

走进"一善亭"，端庄、秀丽的楷书立于石拱门的正上方，字迹略显模糊，与墙头破碎的石块、芜杂的荒草以及飘落的枯叶构成一幅萧索冷寂的丛林秋景图。

仔细品味正中之"善"，每一笔都柔韧若水、隽永道美，每一画都和谐匀称、收放有度。它以线条的艺术诠释了"善"的精神内核，与仰山的释家文化相通，既体现了佛门旨归，也契合了徽州人诗书传家、积善成德的宗族教化。

路过"龙湫"，巨大的山石赫然映出一道光，不，是一道瀑布，只是这个季节较长时间无雨，干涸的山林无法呈现出一种"飞湍瀑流争喧豗，砯崖转石万壑雷"的壮美之景。

这里的山山水水、草木虫鱼皆已入笔、入心、入神。四百余年的历史刻入巨石，"龙""湫"体态圆润，整个石崖犹如一卷经书，遒劲有力的书法与仰山同在，与龙湫同在，流溢出一种横越时空的文化气息，或许这正是一座名山的特质。

古徽道

从仰山寺返回，沿着古道石阶，一级级，一步步，用心体悟济公活佛当年开山之功德、路途之险阻、济世之艰难。众人仿佛是要做一回虔诚的信徒，去踏寻灵山佛祖的足迹。

"徒步宁辞倦，攀缘转陟危；云饥千磴险，汉插敷峰奇。护刹青莲涌，悬灯白日移；谷深藏法界，莫作化城疑。"昔日程文举登仰山诗，留下了一行行险峻的笔墨。

踏寻这条朝圣的古道，布满青苔的湿滑的石板路与我们的双脚进行着细腻的交流，或许在人迹罕至的古道上才能真正保留住一份历史的账单，一种厚重而朴素的记忆。

缓慢地挪动脚步，枯枝，败叶，鲜花，硕果，鸟叫，虫鸣……万物清清静静，幽谷间偶尔一声鸟鸣显得无比悦耳动听。

一路上，一缕缕旷古的情思与悠远的怀想渐渐升起。从休宁东南角到浙江最近的古道，连着一条信仰，八方信众朝圣归来。

每年农历七月初七，数万信徒集聚仰山。

庙会。香火。仰山。真觉。禅寺。

或许，身临这样一座名山，才能让修行者真正顿悟与仰止。

"菩提本无树，明镜亦非台。本来无一物，何处惹尘埃？"禅宗六祖慧能的偈子灵验于仰山寺，灵验于一切兴衰存亡。

它存乎其中，亦以无我之相注解着中国禅宗的至高境界。

梦在江南之南

江南之南。多雨。干涸漫延一种表象。

水深。龙灵。巨人的血脉相连，在这片先人姬氏南迁之地生息繁衍。

跋涉者行愿万水千山。每一枚脚印浸润大地的肌肤和思想。

滴水。片石。好一个熔铸智慧的尤物！

将一枚秋叶轻轻安放，晶莹、通透的一汪清水暗流时空内核，乡情绽放在古老而年轻的徽州大地。

江南之南。遍地流光。一滴水、一道光、一枚汉字，点亮了江南之南。

这里孕育禀赋出众的花、鸟、虫、鱼，或吐纳芳香，或鸣唱春秋，或丈量大地，或追本溯源，皆以静美的方式思想生命的真谛，酝酿瑰丽的梦想。

江南之南。琴瑟悠悠。清曲与淡酒交融，涤荡泉水。

月华的清辉映在水面。

一支山歌褪去羞涩，一尾泉水鱼在板桥下顺势游走。

流光复印一道道鱼尾，水的无情溢于言表。

眼见春去，秋来。浮躁的水归于一塘静谧。

江南之南。弯弯曲曲。水流是沉稳的脉动。

率水。横江。新安。富春。钱塘。……一波三折，激越了满江红色的宋词，绽放了王朝南渡的光芒。

三千越甲。铿锵的斧钺兵戈，在澎湃的浪潮里召唤知音。潮汐是心跳的旋律。浪花淘尽遗漏的诗章。水流到哪里，哪里是水的故乡。

淡泊如水。清澈如水。水是明镜，是你我的慧眼，照见众生诡异的人心。日子陷入水中，邂逅了一场浑浊的战役。千钧一发。

江南之南。眼前微茫。

黎明。暗夜。一声高亢的啼鸣，划破晨曦的微茫，冲淡了历史的沧桑。

彩蝶被春雨唤醒，飞虹被苍穹怀抱。

无风无雨也江南。

那首古老的情歌，原是夫子的一次痛饮后的绝唱。

江南之南。彩云之上。

鱼贯而入的夜的种子，敞开了三月的心扉。

溪水萌发爱意，黑白书写一种相守的力量。

一朵浪花在时间的树枝上重生，一条河流在雨季自由欢唱。

新安源头，颤动的高音抱紧了大地，无处不在的思念挂满了枝丫。

江南之南。明眸盛开，耳畔回响。

桃花。流水。知音。亘古不变的节拍，催生无边的想象。

一群守旧的现代诗人，脱口而出——

"谁说江南不美，画里尽是江南！"

江南之南。黑白镜像。乘着月光，抵达陌生的故乡。

一条古道犹如三五孤寂的士兵突击，绕过了高耸的岩前。

从江南到江南，抵达黑白。从东亭向上眺望，凸显一片紫色的霞光。

我掸去尘埃，轻轻地翻转江南之南。一札札泛黄的书页，情满书香。

晚风越过登封桥，细雨指点横江。

江南之南。膝下儿女的天堂。

一滴灵气的水珠，饱蘸敦厚、温柔、宽广的诗意。

从一个人的内心开始，以清净、慈善、高远的姿势，膜拜大地和生灵。

心怀江南的境界，让我时刻韬养一颗温润的灵魂。

归来。江南之南。

心中的江南，有静默的呼吸，有透明的本色。

与他闲话，倍觉生命的美好。

山为良师，是益友；

水为爱人，是闺蜜。

生在江南，孤独不是我们独享的权利。

与他对语，佛祖笑了，庄子笑了。

他们拈花一笑，或空谷足音。

归来。江南之南。

思绪被风掠起。

轻狂的流光被蜂蝶追赶。

寒山之上的友人，投奔你，赞美你。

你远嫁白云。每一朵，折射出多彩的人生。

每一条河都叫江南。每一座山都叫江南。

梦里的河床，亘古吟唱。

归来。江南之南。

一曲青春的歌谣，演绎无数生命的乐章。

星空璀璨，却给大地留下了一枚黑白印章。

乘着一缕缕乡愁的翅膀，思绪在低处飞翔。

身是新安江的一滴水，注定在某个时空与昼夜相溶。

停泊。靠岸。漂泊。

你与大地携手，写下简陋的诗行。

借着灯火，轻灵的水珠越发剔透、晶莹。

万家书卷被晚风吹醒，众生听见了鲲鹏有力的呐喊，继而展翅飞翔。

在路口。一个问候击中你，八山一水半分田滋养着满腹诗书的徽州。

悠悠乡情话山村

　　家住皖南小县，习惯了山野的风声、雨声以及夜幕下寂寥的虫鸣。对生长在这里的人们而言，深入这片广袤的土地，犹如阅读一部充溢着浓浓的乡土味道的经典文本，或远或近，举目皆是望不尽的秀丽山峦，那凸起的山势仿佛一大串连珠妙语，或者一个跳跃着诗情画意的语段，迅速激发出一种阅读的快感。它不仅是一个可以放歌的方向，更是一个人心灵的坐标。行走杨源村，便是一次最本色的自然之旅，幽幽深山，悠悠古意，肆意在脚下蔓延，虽车马劳顿，但全无身心的疲倦。

　　杨源。九月。一座座山林，一个个堡垒，一群群结伴而行的鸟雀深深陷入，汇聚成一片如森林般幽深的古意。如风轻摇，又与山涧的溪水相拥，构筑了一道灵动的风景，这便是深处休宁边陲的村落——杨源村。它氤氲在我们偏离的时空里。身处这深山深处，与眼前意境幽远的徽州古村落静默地对语，隐藏不住的唯有一派葱茏的古意。或许，这里的天空都略带甜美的滋味，阳光格外温情。无意间，我们与一缕山野的秋风邂逅，渐渐产生了共鸣。静默而雄浑的歌声响彻整个山谷，而这一次纯美的邂逅，足以令人流连忘返。

　　杨村。广源。左源。我们沿着河流，把长长的杨源村认认真真地读了一遍。虽说从村头杨村到村尾左源村有十余里路程，但每到一处，都真切地感受到古意。杨源村的三个自然村就有三个祠堂，而且从外到里一个比一个精美，"明经世家""广德堂""义胜堂"皆较好地保存了一种宗族的文化，或许在古徽州，一脉相承显得尤为遥远而亲近。胡家、黄家、汪家，你们从哪里来？端庄、肃穆的祠堂给了后代子孙最权威、最明确的解答。一个家族的兴衰存亡，是一个国家兴亡的佐证，"家国天下"的思想由来久远，而一个个饱含血肉的"家"更是生动地全息着我们的民族繁衍、奋斗的历程。在义胜堂内，"左田发祥念祖宗报世民保土土声振中泽，天渠告锡愿子孙经一文习一武胜镇江山"似乎是一个家族的密码，深深烙印在一方水土之上，铭刻在血脉与灵魂的内核，其子孙不断，其精神代代相传。

走进广源村，"广源桥"是一处显眼的古桥，横卧在古树、古道之畔，身后是黑白村庄，在逼仄的山坳里绵延开来，不远处便是一座山的尽头。我们在杨源村挂职书记的带引下，沿着一条狭窄的山路，爬上附近的一个山坡，一行人登高望远，青山与绿水相依，粉墙与黛瓦相映，红红的柿子，翠绿的枣子，袅袅炊烟与稚子的欢叫、老翁的闲谈，编织了一幅深山秋景图，大家不禁感叹深山的静美，纷纷用相机、手机拍下这个古拙、灵动而雅致的村貌。桥下的溪水潺潺，"县堂主禁碑"屹立在溪畔，建于雍正年间的这块古碑早已是布满青苔，而石碑上略显模糊的字迹，仿佛是一位耄耋老人用心参悟人生的结语，尘世的纷扰渐行渐远，名利的诱惑越发淡泊。

一个人。一块石头。一片天空。或许，他们都有着共同的命运。历经近三百年的洗礼，人天俱老。

怀着这份古老而朴素的情怀，我们一行八人在杨源村村主任的陪同下，畅饮这片深处革命老区休宁县汪村镇的绿色空气，也将对革命烈士原祁婺休中心县委游击队队长杨有相的敬仰深深收藏。在左源村，我们拜访了两位年近九旬的地下通讯员汪秋顺、胡顺娥，二老虽然年迈，听力也不够好，但一问及当年参加革命的往事，他们都显得更加精神，似乎有一种强大的力量牵引着他们，那或许就是对革命事业的虔诚吧。

左源村，一个几乎被遗忘的自然村落，听闻村民以汪姓为主，虽然人口不多，却也曾涌现一批时代的翘楚，诸如汪松亮先生。他少小离家，远赴上海、香港当学徒、办企业，不甘人后，上海"泰丰"毛巾厂、香港"德昌电机有限公司"，他凭借商业智慧与勤奋执着，书写了一个工业企业的传奇，成为香港第一代著名工业家。功成名就，饮水思源，不忘家乡人民，他与妻子顾亦珍先后捐资近千万修建浙岭公路、海阳中学"汪顾亦珍教学楼"、漳前和板桥小学的两所"汪松亮教学楼"等。在左源这个冠以"源"字的地方，我们又见到了先生的踪影——"松珍桥"。此桥连接的是一种血脉，绵延的是一种乡愁，更是一种深厚的仁义慈善的精神。

杨源村，难忘的精神故乡。在这里，高大的红豆杉站在村口等候我们的到来，她是一位名副其实的长者，沿村中清澈的河道伸展着圆满的五百年，如此圆润的年轮，尽显世外山水的灵秀与古村历史的厚重。我们忘不了左源村的红豆杉，不仅因为它高大挺拔的树干，更是由它想到一种通灵的力量，存乎心间，存乎岁月的深处。

杨源村。一个古老的村落，在我们这群散漫的行走者脚下溢出幽古之意，更透着时空的狡黠与智慧。说不清这里的山水养育了多少代杨源人民，道不尽这里的炊烟蕴含的深深的禅机与情思。

我和文友借着一个竹子做的工具从梨树上摘下五六个滴着清甜的梨子，分给大家品尝。或许，一路行走，众人皆已口干舌燥，见文友们接过梨子开始津津有味地咀嚼的样子，悄然间仿佛是把一座寂静而水灵的山村含在了口中，也把秋天带进身体里。

　　杨源村。一个靓丽的村落，藏在大山深处，溪水潺潺，炊烟袅袅，古树成荫，古桥流芳，祠堂文化、红色旅游……诸多精彩的篇章都还无人续写，而我们这次冒昧探访，或许正好激活了这根古老的神经。但于写作者而言，你沉睡，或苏醒，都是一幅生动而美丽的画卷。

　　杨源村。窥探你如诗般曼妙的内心，一泓清泉汩汩而出，我们仿佛听到了远方诗人的足音，也隐隐感知到"山重水复疑无路，柳暗花明又一村"的千古绝唱。这样幽深而干净的声音穿透了山高水长，不断地在我们耳畔回响。

　　正如秋月，饱含的是赤子的一片深深眷恋。而在休宁山水的一端，你若怀揣诚意，必将见到俗世之外的杨源村，见到冰清玉洁的杨源村。

　　山幽幽，水悠悠，它款款深情地向我们走来。

　　我们守望脉脉乡情，也为纯净而美丽的山村真心祈福。

辑 三

家书·信

流水渐长，村庄渐远

　　一条河，决定了流水的长相；一座山，决定了草木的性格；一个村庄，决定了我们的秉性。而我们如此相似，因为生活在同一个地方。

　　村庄，一半白天，一半黑夜。当我们住惯了这里，这个村庄就是我们的长相。

　　冬夜那么黑。双脚浸泡在徽墨般的幽深里，难以自拔。每一栋房子，都有很深的烙印。那是一年的夜色，钻进去出不来。

　　黄昏那么亮。落霞打在长河的身上，孤鹜不再孤单，它那灿然的羽翼如狼毫笔尖幽灵般滑过柔韧的时空，沉淀的往事渐渐浮出水面。

　　新安江，开始点起灯火。背倚一弯新月，期盼中旬的圆满；托起一枚绿叶，等候温煦的阳光；疏浚一泓清流，积蓄开拓的能量。眼前的这条河流，已然是搬运村庄的不老的传说。它随流水渐长，村庄渐远……

雨晴、春天与家书

一

心随境转。雨晴。

境随心转。雨晴。

儿子，你是雨晴之后的第一抹阳光。

外婆说，雨晴可以更加勇敢，像你在梦里憨憨地笑出声来，仿佛一张嘴就能笑出一个太阳。

当然，也可以哭泣。正如太阳，他的泪水是一种自我的释放。当我们称他"太阳雨"的时候，他轻描淡写地触摸过大地的神经。而我，无意惊扰任何事物，只想用心感动自己，做一个真实、善良、敢于面对窘迫的男人。

你是父母亲在命运面前不低头、不丧气的力量源泉。每一片记忆都与你有关：用你的成长鞭策和记录我们的成长。不懂世故的父母亲教会了你的纯真，给你留下的唯有书籍与诚恳。而你教会了我们：宽容、爱心、平和、阳光、等待……

但是，我相信你的勇气来自心底。今天，我们就一起立下远大的志向，勇敢地去怀抱大地与长空，怀抱自信与人生吧。

二

春天走在路上，河水走在路上。茶树的嫩芽走在路上。

还有孩子的叫嚷声，或急或缓地走在路上。

春天，我们在路上遇见春天。一样叫长。一样叫进。

三

秋浦河。秋浦河。

仙寓山的慢时光，有你潺潺流水的呼吸，也有我行走他乡的动人身影。多少天方夜谭，多少诗酒文章，还缠绵在这悠长的杯盏里。

逆流而上。新安江。牯牛降。山的那头是一抹绿水，恰在高脚杯里回响。

十九首秋浦歌，仿佛是十九杯美酒。每一个酒杯盛下了半个唐朝。

春天，河床畅饮秋浦河的月光，飞鸟倾听大地之上寂寞的华章。幸有太白的诗章，日夜行吟相伴。

顺流而下。秋浦河。杏花村。隐去中间的两年时光，我又重返了新安江的暮色。

思念月光。怀念他乡。池州老路已经很老了，池州新路不那么新了。而我们的生活时时刻刻都是崭新的。像这秋浦河的水，洗去多少岁月。

此刻，我妄想春天里的秋浦河流经我的人生。

秋浦河，一条自信而放歌的长河。

书读之愈香

　　徽州的气息，是香甜的，淡雅中散发着幽香，如同徽墨与歙砚、徽笔与宣纸之间摩擦产生的爱的火花，一种甜美、一种体香在顷刻间绽放，并深深地感染着我们。

　　家住徽州，便始终绕不开"读书"这个神圣而深邃的话题，不仅是那十九位状元前辈的敦促和勉励，更是耕读传家的血液使然，每一个内心充满求知欲的学人，总是与书不离不弃，难舍难分。长在休宁，这座古老而年轻的状元城保存了当今最美丽的"书房"，"读书"有如一部唐传奇，一次次穿越了我们的思绪，其间的引诱实难辩明。

　　读书的境界有很多种，我却一直坚信读书的极致是书人合一，读之忘乎尘世，全然书卷之气，眉宇间透露着儒雅、清高与灵秀，正如一座城的极致是有山有水，山住仙水藏龙，名山怀抱，秀水相拥。

　　书香。读之，方能得到，并让人与之蕴生出一股天然的磁场。而这种本能的亲近感，也不知从何时起将自己与书紧紧地依偎在一起。或许，从跨进校门的第一天开始，就注定了我这一生的书缘。它陪伴我走到今天，让我愈加难以释怀。在众人眼中，我的形象逐渐被定格为"一介书生"。读书即是我最真实的生活。著名学者杨义先生在《读书的启示》一书的序言中写道："读书是一缕清幽的灯光，从轻盈的书页照亮心灵的眸子，逗起了几分智慧的愉悦，闪烁着几分宁静的光辉。在此烦躁喧嚣的岁月，能够临窗批卷，也许是人们享受着回到内心的清福的一种方式。"在我二十余年的读书生涯中，我深感读书就是享福，这种"清福"是很多人无法享受到的，为此我颇感庆幸。

而今，我已不能回忆出自己读过的第一本书的书名，但整齐摆放在书架上的一本本或厚或薄的书都是我的最爱，我读它们就像读我自己，不觉时光从指尖悄悄溜走。小学时，读书在我的印象里，更多的是书声琅琅，晨光打在我们每张稚嫩的小脸上，简短的课文把我们带走，带到诗人的家乡，带到寂静舒缓的古代；中学时，读书的印象变得模糊，爱情开始萌芽，雨巷和康桥都是我曾反复行走的驿道，蒙蒙细雨和油油青苔点缀着我的书房；大学时，读书才让我真正升腾起一种莫名的快感，激发出一种沉醉不知归路的兴奋，那汗牛充栋的图书馆似乎锁住了我所有的感官。我夜读母校朱洪教授写的《胡适与〈红楼梦〉》，感到读书是一种高深的学问，胡适之在1921年写《红楼梦考证》批评蔡元培研究红学的方法是猜笨谜，这种读书而有疑的品质是每一个学人所必备的素养，正如朱子所言："读书无疑者，须教有疑。有疑者却要无疑，到这里方长进。"读周先慎先生的《中国文学十五讲》，让我对浩瀚的中国文学产生了更多的敬畏，《诗经》近了，《聊斋》活了，李杜醉了，可苏辛却醒了。读我的文学导师著名作家石楠先生的十四卷本《石楠文集》，让我有机会聆听到张玉良、柳如是、梁谷音、舒绣文、苏雪林等一批杰出女性抗争命运、奋斗不息的动人故事，而这些传主身后何尝不饱含作家的心血、折射作家的独特魅力，用宗灵的话说石楠老师"以一分倔强，三分执着，十二分拼命的劲头，让人相信，她是一粒顶破石板也要开花，跌落沙漠也会开花，埋进冰雪也能开花的种子"。我为家乡文坛诞生这样优秀的作家而倍感自豪。读沈天鸿老师的《现代诗学》，我感到诗人的真诚与才情，他那种深富诗学根底与精神的诗人兼学人气质感染着我、熏陶着我，令我佩服得五体投地。此刻，读书成了我与作家、学者们对话的桥梁纽带。他们的生命盛开在五彩的文字里，而我亦将自己的生命融入美妙的汉字，去与众多贤达对语，我所获得的教益不知有多么丰厚。诗圣说，读书破万卷，下笔如有神。在我的印象中，读书就是一场与群贤神交的盛宴，在清静的后花园，享受着这份宝贵的清福。

或许，读书即是一种清修，读之修心、修福。浮躁的人在书中可以找到方向，安静的人则在书中找到激情。并且，书愈读愈香。而家乡徽州正是读书修行的好地方。诚如世人所言，徽州乃人间的福地，这里风景秀丽，遍地流金，然而这远未概括出徽州的神韵。在我心中，书香满屋才是真正的徽州，叱咤风云的徽商也难逃书之诱惑。

儒士。商贾。仕途。人间最美丽的事业莫如读书。"金榜题名"便是人生最快意的事。中国历史上为数不多的状元诞生于此，是读书改变了命运，他们根植徽州大地，读书的薪火也代代相传。

春。晨。在每一年每一天的最好时光里，我不敢辜负青春，唯有展卷诵读，漫步书林，方能唤醒内心那位书生的儒雅与轻灵。沉醉于新安山水间，我抑扬顿挫的读书声以及风声、雨声交织在一起，水面上，不时浪花激荡，涟漪泛起，使我的书声更加灵动飘逸，内心也更趋平和。且在邂逅旭日与落霞的某一瞬息，我悟得天底下第一等的好事。

脉

脉是一弯永恒的月亮。

文　脉

文脉里寄托中国。

甲骨文、金文的线条，从来不缺少厚重，破土而出的也常常是远古的情思与智慧的转述。

一道光，笔墨之间传扬。

一弯月，历史的身影浮现。

我们隐秘其间，窥见那天空的湛蓝。深浅。浓枯。端庄。诙谐。嫡传。嬗变。中国的神韵蕴藏于书法，舒展为一股博大而细长的源流。

水　脉

水脉里洗礼中国。

泱泱华夏，水脉深深。我们独享这方水土。它斯文儒雅，名曰新安。

流过洪荒、秦汉，我们仅是一滴水的分子，集聚于新安之畔。六股尖。水源深处的春风，一阵阵甜甜的呼喊。

江上，一支竹筏轻盈地游向水口，清澈的木桨顿时切开了黑白的徽州。

水脉是水与月的对语。驻足欣赏，太白的月光正好照进门窗。

人 脉

人脉里传承中国。庄子，逍遥的王，端坐陌巷的尽头，引秋水呼吸，借大鹏的羽翼飞翔。无边苍穹，无尽笔意，一派酣畅淋漓！他抒写一部天地的圣书，言辞的缝隙里溢出伟岸的品格。

苏子，悲欢的士，黄州留下一卷卷浓墨和重彩。赤壁的风声、雨声浮在江面。

童子。清晨。书声的响亮里传递着一种永恒的温度。

相互扶持，为人；皎皎月光，为脉。

写下一曲诗词，每一行蘸满尘世的味道。

母　亲

乡下，住着我的母亲。

三十年来，我像所有住惯了村子的人，尤其像母亲，把自己的根深深地扎在那里。

那是一个没有风格的村庄，日子犹如一缕炊烟，袅袅升起。

草木的香味依旧，从鼻子里升起。

又到了五月。母亲忙着采茶、种地、收获油油的春意，家住山中，泥土是母亲的母亲。

我闻着泥土气，从地里掏出了一竹篮的记忆。一根根红薯、土豆、萝卜睡在母亲的梦里，写下生长的日记。

母亲，你住惯了村子，村子就是我的母亲。春天，我的母亲带我的孩子，孩子也是母亲的春天。

周 岁

我们的宝贝，在你亲昵的摇篮里哼唱小曲，不成曲调却有情韵。

我见你手里抓紧的小馒头，像一个饱满的汉字，被欣赏，被品咂，融于舌尖。

宝贝一周岁了，会不少东西。在床上爬。在地上走。

你被我们扶着走的模样，有一些冲动，有一点害羞。

宝贝的生日，是我们最值得纪念的。你的母亲深深地爱你，一年里，多少酸甜苦辣将我们拥抱。

我们的宝贝，爸爸、妈妈用心筑起一个温暖的小家，你是我们最真切的牵挂。

天　空

　　青年握笔的姿势，如风似雨，别是一番洒脱。

　　飞翔。停歇。高空中的音符，偶尔下滑，如一种轻盈，勾留在飞白之间。

　　天空。小河。卑微的生命只能在一种有限的时空里穿行。我翻山（牯牛降）越岭（赤岭），在心灵深处一次次重返，抵达曾经生活过的小河。小河之水，涤荡我心。

　　攀爬。行走。奔跑。飞舞。低处可能有我思想的天空。

　　我常返回儿童时代，一张张纸片扎成千纸鹤，像风筝遗落在心情之外。

　　我无法准确地表达，寂寞的形状、灵魂的色泽以及背后的天空。

　　当我试着去飞跃的瞬间，感触一丝灵动。从地平线起步，努力搏击海阔天空。

青　春

逆水。搁浅。行舟艰难，前方无尽遥远。

漏船轻摇，仍滞留当年。

一部大书，浮出了水面，彼岸游来，在流年里停泊，上岸。

水，顺应了河流。

我们划船摸索，常常走进又离开，这水平的世界，因此浑浊。

月光，一遍遍清澈，新安江邂逅了你，晚风以及沉寂的水珠。

生命的河床又一次抬升。

青春顺水推舟，呈现一种柔韧的姿势。

弱冠是一叶孤舟，而立驾鱼而歌。

无知。有志。时光改变了流水，方向依旧向东。

亲吻青春的花朵，十年流过。诗歌穿越了地平线，我竭力展翅。

古老而现代的汉字飞翔，默默相守你我的青春。

教师赋

你捧一颗心来
简单，朴实
庄严地镌刻古国文明
树立汉字的高贵
那神秘的表情——
狂草四溅，楷书平稳
碑和帖，像山和水
涵养华夏的仁与智
灵动而立体

等春天醒来
你一阵电闪雷鸣
萌生出智慧的火花
惊醒空旷
于是，你放眼远山
桃李竞相追逐
而你回身，依然是一面黑板
一支粉笔，一本书
以及一辈子的悲欢

当你直面大地或苍穹
身后，唯有静穆与崇高

　　读自己写给自己的一首小诗，感觉"年年岁岁花相似，
岁岁年年人不同"。
　　教师。讲台。卑微的人生，像数不尽的夜，那只纤细之笔
点亮了无数的黑暗，点化众多的平凡与不朽。

致妻子

　　妻子，用"子"称呼你，显得多么古典。这画中挚爱的秋色，带着你的光泽和气息，领我回到那个季节，全是你的召唤。

　　我幡然醒悟，不料的是，那个秋夜凝固了，静谧如一碗清水。青鸟走向水的深处，不再悬浮于高空。

　　春天不能放纵你的呼吸，因为你在等我的消息。

　　站立，必须守望。用一个男人的姿势，向世界宣告一座山峰，不容忽视的高度。

　　妻子，你是我生命中的一个部分，最重要，最热切，不比事业逊色，也不比辉煌的岁月更加辉煌。和你在一起，我懂得了你，你懂得了我，在两面镜子里看到彼此的平凡和美好。

　　妻子，你是我的海洋，我是你的陆地。亿万年在混沌的尽头，在浮沉升降间渐渐定格。缩小或是扩大，我们广阔的视野见证的，只是唯一——你是我生命里唯一的海洋。

七夕河

　　淡淡的七月绽放，如孩子的期盼。

　　他们躲闪，一棵细弱的树影里，紫薇花笑得深沉，像少女的裙裾掩映一个粉红的季节。

　　枝头，一朵朵花儿，用一曲寂寞的情歌，填充长长的爱河。

　　七月，河流鸣唱如蝉，热度不减。

　　饮七夕河的水，浇灭沸腾的情歌。

　　——合欢，高大的花朵热吻穿行暗夜的那条大河。

　　无声。恬淡。像清溪沁人心脾，流入花香，流入异乡。

　　在紧闭流年的孤芳自赏里酿酒，打开窖藏已久的甜蜜。

流年似水

　　阳光下，一只陈旧乌亮的木桶盛满流年。

　　桶内晃动的记忆之水，常常溢出，不可复得。

　　木桶从腹部发出，一种世界的呓语。

　　音节。那长短不一的木板，每一根音弦紧紧地捆绑。

　　流年。好像长在明处，无法补短，短也在明处。

　　流年。每从这里溢出木桶的，长痛不如短痛。

　　一种高处向低处的质问，与低处向高处的呼唤，木桶都明白。低处无法填平的沟壑，承载着流年，消失在迷离的眼际。

　　你我都只是一只木桶，有短板的木桶，试着放大人生的直径，蓄满如水流年。

首村冬景

    青砖砌成的古井，季节带不走它的体温，除了涤荡悠悠年轮，古井也浓缩了草木芳华。

    粉屋。黛瓦。恰如它的皮肤和头发。

    白描。淡雅。冬天的帘幕，仿佛乾坤初化。

    一切自然本真的流淌，没有固定的和笔直的沟渠去承载，原本属于它的盛况。

    渐渐地，大地融入逆转的寒冬。

书信之味

很久没写信了，信纸越来越瘦。它挣扎在陌生的纸堆里，被生活压迫，一副变形的清白之躯，还有什么值得书写。

就在此刻，在三十五岁生日到来的这一天，写一句被人遗忘又被人捡起的诗话，寄存经年的春风。

提笔，忘字，却没有忘掉心中的谢意。朋友，来自远方，他的来信迅疾有力，正中我诗行的软肋。他说，村庄呵，太小、太旧，哪能容下一首诗，如朽木的村庄，略带刺痛。

于是，一封陈旧的书信被清风随意打开。

雪是温暖的

离我的双眼，仅仅三尺高处，两根溜溜冰像悬挂在屋檐下的咸鱼。它们通透的晶莹洁白。或许背阴，才有它温情的身体，离阳光越远，身体越长，活得越久。

它滴落的水珠，顺延黑色的老瓦片，依然没有割舍，那份母子间无语的牵挂。它们攀附着，零点在破碎的声响里化作溪流，传达到老家，那开裂的地板，以及裸露黄泥的石缝，开始了内心深处的仰望。

冰，你是谁家的孩子？为何出走远行？

雪，你是谁家的孩子？为何拥抱大地？

在丁亥年的冬季，有坚冰，有积雪，它们融化在失去土壤的沟壑里，如同 1984 年的那趟列车，载着我陷进一个农庄。农庄很小，据说加起来才够两个人爬行。而列车的起点在武汉，终点在黄山。它奔跑着，一架军用飞机在农庄的上空彻夜轰响。就在第三天，大雪和梅花纷纷投降了，大片大片的，弥漫整个天地。那白，那香，一走二十四个寒暑，一飘成为沧桑的模样，而深底的郁香浩洁，君子不减平淡。

生命有多长？以冰雪的一生丈量，以寒冷的方式保存，我又见冰唇，亲吻我的脸庞。阳光，让它畏惧过，它拒绝着，但阳光仍是阳光，当它被抚弄的瞬间，躲藏又该怎样？

它是寒冷的，但它温暖着。正如我的双眼，或者叫冰，或者叫雪。

一枝梅的宣言

梅花，母亲惊喜地发现，一个可用含苞欲放的词汇覆盖的生命。

冰雪冻醒了梅花，它蜷缩的脑袋，深深地陷进一朵多年未遇的花的战役。

一粒沙。一个世界。一枝梅花。一个悬崖边的生命。

我，站在一无所有的枝丫上，无意间踩到郁香而柔软的气息。

一枝梅，在静静地绽放，被我的胃所消化，然后满树的梅花在神经末梢集结，化作几缕清烟，消融在夜色的斑斓里。

梅，是我的吉祥物；花，是我的守望者。

一枝梅花，是我所有的天空和大地。

它的心底，耸立着一个立方体。

感动岁月的书香

四月，正是天朗气清、惠风和畅的好时节。我端坐书房，手捧一摞新书，心底倍感充实。或许这样的季节最好读书。与家人共处一室，分享书斋的乐趣，正是我一天之中最轻松惬意的时刻。

当我打开书卷，一袭书香迎面而来，这浓浓的书卷味亦是我们这个小家的味道，它给我们的生活带来了很多的欣喜与快乐以及那蛰伏在岁月深处的不绝如缕的感动。

对我而言，读书不仅仅是工作、生活的需要，更是我们彼此发自内心的需求。她如一朵金色花，绽放在春日融融的美好时光里。她的诗意荡漾，她的深情满怀，都成为我们之间感情的天然纽带。很多时候，邂逅一本适合自己心境的书，犹如遇到一个贵人，她正好解开了我心中的烦忧，顿时让人感到一股暖流注入体内，一种释怀的畅快涌来，紧紧地拥抱起我们越发轻盈的心灵。

身处这样静美的时节，我的思绪已然飘扬，一瞬间仿佛回到了七八年前。那时的我们，都不过二十几岁的小青年，同在池州乡下的一所中学教书，在一所不大不小的镇初级中学传道授业解惑。作为一个班的班主任兼语文老师，我是如此地热爱文学，尤其是诗歌。当我的课堂变成了一个朗读者的精神殿堂，当我还在夸夸其谈现代诗与古典诗词的异曲同工之妙，当我的学生极富激情地吟诵他们的语文老师尚显稚嫩的诗作的时候，我是那么的知足与沉醉。而遇见她，更是书香与岁月的馈赠。

二十八岁的我，读书声如月光般皎洁而美丽。在美妙的月光下，一颗年轻的心蠢蠢欲动。她隐约听到了教师宿舍楼内的读书声，但还不能确定是哪一间房门。或许是好奇，又或许是激动，她情不自禁地走近、走近、再走近，透过半掩的窗扉，一眼认出了他，正是她代课的那个班的班主任，一个瘦弱的书生，但可以肯定的是，这个年轻人的声音很有磁性，应该属于很性感很有魅惑力的男人的声音。就这样，两个人在月光下快乐地谈天说地，竟忘记了渐浓的秋夜。男青年自觉刚才朗读得不够精彩，又重新朗读起马丁·路德·金的那篇著名的演讲稿《我有一个梦想》："今天，我有一个梦想。我梦想有一天，幽谷上升，高山下降；坎坷曲折的道路变成坦途，那圣光披露，普照天地。这就是我们的希冀。我怀着这种信念回到南方。有了这个信念，我们将能从绝望之岭劈出一块希望之石。有了这个信念，我们将能把这个国家刺耳的争吵声，改变成为一支洋溢手足之情的优美交响曲……"而今，时光飞逝，我已离开校园四年了，昔日教书育人的生活渐行渐远，与妻子初恋的美好情境却历历在目，记忆犹新。那一夜，一轮圆月编织着我们两个人的宏大梦想。

七年后，泰戈尔的《金色花》同样在我与她的耳畔萦绕，她实在是喜欢里面的诗句："假如我变成了一朵金色花，为了好玩/长在树的高枝上，笑嘻嘻地在空中摇摆，/又在新叶上跳舞，妈妈，你会认识我吗？……"她饱含感情的语调，牵动着我们的观感，带着我和儿子"穿过金色花的林荫"，彼此嗅到了一缕缕淡雅的花香。"当你吃过午饭，坐在窗前读《罗摩衍那》，/那棵树的阴影落在你的头发与膝上时，/我便要将我小小的影子投在你的书页上，/正投在你所读的地方。/但是你会猜得出这就是你孩子的小小影子吗？/……'你到哪里去了，你这坏孩子？'/'我不告诉你，妈妈。'/这就是你同我那时所要说的话了。"妻子朗读的声音，显得那么可爱、动听，我能感觉得到她对孩子、对父母的深深的爱。当她润润嗓子，再次手捧书卷，深情朗读泰戈尔的《金色花》时，我仿佛听到了一朵金色花盛开的声音。

在我的心底，妻子即是尘世间最美的那朵金色花。

辑 ④

节气·歌

春风似剪刀

农历二月，是春寒料峭的时节，然而我常常站在风口，遥望自己的背影。那是一种深绿的颜色，像苍鹰的某个部位，带着强烈的欲望，飞向无法预知的天空。

前天，据说办公室的一位年轻的女同事请假外出了，因为她的哥哥正是那天的新郎。在国际大都市的上海，一对孔雀的双飞是何其的浪漫与风光。她给同事们传看着她的大哥和大嫂的艳照，叫孤单的人们心生嫉妒，而那有车有房的现代都市生活，又倍增贫穷人的自卑情愫。其实，我很混沌，一如两年前听一位著名文字学教授的讲座，不知学问的根基何为，更不清楚事物的本质，是否依然混沌地存在着。我因此不断奔跑。

新婚。我想到了它的特别之处。翻开日历或打开手机，原来它真的是春天的风口。我是被它吹来的。在新的环境里，我遇到了许多熟悉的陌生人。或许黯然地散发着幽香，是她多年的心灵的酝酿；或许高傲地张扬着青春，是她内心难以抑制的冲动。春分，自然地成为一个讯息，在春天的剪彩仪式上，她扮演的角色清纯而明亮。

辗转。似乎夜里痛苦的人们，在两种概念间努力协调着，但最终被类似挣扎的字眼穿透。它是一抹黑，或者黑洞，让陷入者永远地陷入。朝花夕拾，早已无济于事了。

我行走着，不自觉地来到一块春天的站牌前，寻觅藏匿于油菜花中的皇后。她很遥远，很空寂。而她未想到的事情，总在另一端隐隐地复活。那些莫名的滋味，再难用笔画勾勒了，咀嚼和品味的，也似乎变得深长。

一把剪刀裁开春天。一个季节裂开伤口。

我没有忘记它们。

三　月

三月，我梦醒来的时刻。

深处新安江的源头——六股尖，倾听这自然的方音。窗外的花花草草，昨夜已经和大地亲吻，她们浑身上下长满了春天的词汇。

三月，马路上追逐的少男少女，宛若一朵朵修辞，点缀这个骑在自行车上的春天。

三月的微风，迎着山尖粉红的野花，与春泥吹进了河水，映照出一圈轻柔跳动的春光。

三月，我记得绿色的茶树在我玻璃杯中发芽，它的叶子青绿明亮，散发出阳光无法抵达的亮度。

三月，我和妻子的平天湖之恋，在多情的湖水里摇荡，溢满的情丝漂浮于碧水蓝天，洁净透明而温存馨香。

三月，让年轻的心披上，素洁的婚纱，骑上单车朝春天出发。

底　色

　　一片秋意，落下一棵树的心情。一种特有的色彩，与大地分疆。

　　一片秋意金黄，纹路清晰如画。阳光下，映衬一片落叶的脸庞。

　　多冷。一片秋意如风，吹散了行人，落下一页页孤影。我捡起一片秋意，重温很多失去的美丽。

　　庞大在细小里伸缩。一片秋意绵延一条溪流的渴慕。

　　堤岸驻足。一个人的手心紧握着秋意，这是默守一片土地的内心。

　　你欣赏路边的风景。风景仅是素描的秋意。从荷花池到梅林，从城市中心到郊外，然后步行数公里，尾随落叶落下一行行大地的私语。倾听落叶的声音，或许这是大地之上唯一艳丽而静美的秋意。

　　你亻前行。行走休屯同城的边缘，一辆公交车载不动一片秋意，却承载着一个归心似箭的路人。

　　你象征性地游走，窃取在边缘夹缝里深沉的呼吸。而谁能发现你的脚印，替代了1路公交的延伸路径。

　　山河秋意渐浓。大地黄昏孤影。路口落下一地残叶，悄无声息地潜入你阳光下如水的梦境。

年　味

　　这里，没有显赫的人，没有突出的事，更没有风光旖旎的景，然而随着月潭水库的兴建，它或多或少地进入公众的视野。

　　这里，拥有过一段繁华的流光，人流如织的街道，尤其是春节期间，各个商店生意"兴隆"，财源"滚滚"，好像人流越多，年味越浓。从四面八方拥挤而来的"赶集"的队伍，将"年"书写得淋漓尽致。

　　这里，写下了我十余年的成长日记。绿水与青山都曾是我小时候练习作文的生动素材，我最难忘怀的是疼爱我的祖父以及他遒劲隽永的书法、悠扬动听的琴声、静谧守恒的垂钓、乐善好施的身影……他虽已离开我们十五载，但祖父高大而熟悉的形象一直氤氲在水墨之间，萦回在故乡的每一寸热土之上。有关祖父的记忆，清晰地浮现在眼前，让我久久怀想与思念。

　　这里，与率水河相连，与朱升故里相通。它徽味悠长，充满江南的泥土气息，而村口的那条小河，宛若一条轻盈的飘带，旋动着我记忆的魔方。了无痕迹的水波，载着月光浮动，浅浅的指纹，挤出了满月的清香，抑或是当年甜美的苦涩。

　　这里，绽放了一个个充满梦幻的冬天。雪花，最真切的心灵信物，飘落纷飞的不仅仅是视觉里的坠落，更是一种肌体细腻的触觉，以及阵阵寒气，直指季节背后的山林，融化在世界的一角，构筑了冰莹透亮的冬天。牵连着林林总总的生活碎片，我踏着寒意犹浓的山谷小路，与散落大地的三两只孤傲的鸟雀一路上低吟私语，好像没有什么生命如此逼近我的内心。

　　这里，生长着一双古老的眼睛，窥探我们的前世和今生。我曾经远离乡愁，跋涉其间的尘泥，席卷过无尽无边的春夜。它像是我永远无法苏醒的梦，深深陷入，无法自拔。从乡村走向城市，我不只一次地辗转反侧，越来越远的不只是那熟悉的炊烟、农田、小巷……

绿 梦

绿，是大地唯一的宗教。

当你抚摸湛蓝的天空，绿色向上蔓延，代表着生生不息的方向与能量。

绿，是人间最瑰丽的梦。

没有绿叶的衬托，红花只是一场美梦。

绿，暖暖地吹来，打湿了春天。

绿，是一个迟到的记忆。

更加新鲜的日子，如一朵朵太阳花，悄悄盛开，把遥远的太阳拉到眼前。

你的身姿多么矫健！春天的树枝上，无法躲藏，像午后两点的阳光，"谁也不能垄断"的诗句被你征服。

或许，葡萄藤、麻雀、梧桐、草原……它们用强大的愿力，延续一个绿色的命题，与长远的生存有关。

——绿，好像没有比你更古老，你的力量来自太阳，来自伟大的星球。

人类无穷地感叹，那无边落叶的乡愁是守望一种绿的回归，正如一阵疾风劲草的豪言，照亮黑色的土地。

儒风。道风。家风。

东，南，西，北，吹来的绿色的呼声、风声、呐喊声，在游子的心田荡漾。

绿，随风生长、摇曳，躲进了阳光的内核，像无边的绿色花朵，拼尽所有，如火焰绽放了自己的青春，拥抱了绿色的梦。

　　春天的宗教是绿水，春天的苍穹是青山，而大地离不开充满能量的太阳。

　　春天，守护这片洁净的天空，让大地绽放最美的阳光，让人间愈加芬芳。

江南雨

蒹葭苍苍，白露为霜。所谓伊人，在水一方。

——《诗经·蒹葭》

一

江南，在溪水潺潺的幽谷中放歌，当寒冷的云彩悄悄围拢，江南的女子便故作客气地寒暄起来。

静静地等待江南，她低柔的声音，比起甜美的鸟儿，更有几分湿湿的感觉。

江南总是多梦的地方，摇着长长的梦，来到一个标记"而立"的码头，瞥见江南霜旦。

清晨踏着一段严寒的记忆，走进江南。那些天马行空的文字，或增或减，把岁月的守候雕刻在思绪的风口。

多少江南，如河流，如湖泊，或走或停，像出世的僧侣，满怀入世的美梦。

江南，一杯薄酒浇不醉女儿的心。白露，用心品呷此刻的江南，一如孔雀的纯情，飞往遍野的金黄和芳香。

明日。昨日。一夜之间，江南形同彼岸，相距甚远的是故乡。

我偷偷地看着，一朵花绽放的生命，或长或短，或喜或忧，她仍然停留在美丽的江南。

二

园丁修剪枝丫，培育花朵，为春天播种，为秋天收获。

不必宣扬教师的伟大，他们只是普通的园丁，年年守望春天，岁岁看护花朵。

默默地，悄悄地，教师的行动神秘，看不出什么业绩，而人就是人的结晶。

一堂课。一个生命跃动的关节。在天地间生长，等待悦耳的书声，弥漫清幽的书香。

教师的每一天，和课堂有关，和书籍有关，和灵魂有关。

这些摸不着的东西，在未来的日子里，最易触及，可能会瞬间绽放出他们的意义。

三

月圆。花好。圆润完满的夜空，找不着隐晦的星星。

点着灯火，人们好奇地探望，那深宫里静养的灰姑娘。

又是一个良辰好景！柳永的叹息声不绝，苏子瞻的豪情不减，大文豪的笔下盛开了金秋的情怀！

每一次离别，圆月始终填补不完你我的亏欠。愧对双老那双粗糙的手。不敢想象他们埋怨的表情。

父亲，儿在远方想你，想你和母亲抚养儿的一路艰辛，眼前历历在目的不是那件事情，而是人生的丰盈，伴着崎岖的山路，你们唤儿一次次突击。

背负行囊，胜负早已不在两端，浓缩在今天的细枝末节里。

月圆的时候，你们最想念的是远方的儿子，而我也从未遗落一封秋天的家书。

四

九九。重阳。特殊的日子，神秘而通往无极。

玄奥与岁月的尘垢，圆转与青春的粉嫩，一切擦肩而过的是非，匆匆而等不及追思。

记起那天，我们仨登高，乱闯松林，毛毛虫遍布山野，喜阳的习性使他们沿着光线的方向，慢慢聚集，有如蠕动的生命，潜藏不竭的求索本能。

回旋。停息。攀岩。自然的法则如重阳，阳光也有过如此隐秘的轨迹。

我行走在一片偏狭的土地上，树林和阳光走得极近，他们在私语，是否将这眼前的贫瘠，编织成一道人间最美的栖息？

念着"九"，我想起年老的亲人，外公、外婆、奶奶，已走到那片人生古来稀的旷野，冥冥之中想起泥土与大地，想起父亲与母亲，想起回环往复的事物。

我登高远眺，祈祷福祉的青年，同时也是落魄的书生。此刻，陪伴我的，除了漂泊、孤独，就剩下一些写得并不出色的诗歌。它们没有颜色，却是我最珍藏的一面色彩；它们没有模样，却是我最为欣喜的姿态。

苦苦的追寻，重阳日终于登上了远离浮华的山冈。这里的山走势如龙潜伏，为僻远的桃园。恍恍惚惚，我来此地已一年有余，却也是第一次登高，我祈盼草丛中的露水醒来，涤濯我灰蒙的思绪。

五

秋风萧瑟。洪波涌起。直面秋风，人与物语。每一片枝叶，闪动一个灵动的生命。

浮动。飘摇，她们拥有不同的风姿。

秋风，吹乱我视线的尽头，却无法消融我坚毅的目光。

海风吹不干大海，秋风也吹不掉秋天。

历史的风向，越过心灵的帷幕，让我触及一个难以捕捉的秘密，背影成一道旷日持久的季风。

端　午

端午是阳光的节日。

端阳分外吉祥。汨罗江的水里飘荡粽香，我们熟悉不过的味道。

龙舟早已停泊，不愿离别是家乡的水口。

今夜，孩子们又梦见屈子在沉重的竹简上，高蹈离骚的舞姿。

迷途江畔，只能放声九歌，好像你此刻，就住在水的尽头，手持香草，御龙云游。

端午，呈现历史的梦境。屈子呵，你永远的梦乡，泊在哪里？

龙舟在寻你。中华的龙舟，供奉你的英魂，这是端午的使命，你的丰功，在清流里积淀，在沉重里飞翔，在历史里飘香。

鹊桥情

　　月光下，一群鸟向河流的中心飞翔。

　　一对羽翼，打开了光明的宝盒。

　　夜晚，水依偎着桥，河流亲吻热烈，以身体勾勒一道爱的天河。

　　鹊桥，停泊在云水之间。纤云弄巧是婉约词人，乘风的翅膀，邀请鸟雀成群结队，又一次归隐古老的传说。

　　桥，静静守护一方。

　　一株落木的根蒂，牵挂无边的水域，泅渡乔迁的古树。眼前的枝繁，叶茂以及浩瀚之水，使光阴倒流爱河。

　　我们举头凝望，桥承载了水的梦。

　　黄姑塘在梦里，柔情而坚毅，那块狭窄的石板，连同苦难的爱恋，渐渐消融在太仓的河流里，品味亘古的传说。

秋声赋

你，化作一缕清风，解开了群山的衣袖，撩动远方渐渐稀疏的叶子，敞开一道道富丽堂皇的秋色。

你，修剪金秋的细眉，用桂花天然的香气妆点身体的妩媚，从万花丛中采撷一瓣心香。

大地。金秋。诗意琳琅满目。枣子，橘子，柿子，栗子……俯拾皆是，沉甸甸的诗意，沉甸甸的秋天。

一滴水，也沉醉在微醺的诗意里。

比喻句

一

甲骨离开了，但甲骨文还在。正如春天远去了，但春色依旧。殷墟的零星记忆里，偶尔抽搐、中风，乌龟的甲、野兽的骨堆在一起，吉凶也堆在了一起。

周公。武王。成王。顾命的梦。历史在萌芽，像叙事的铜器，沾有先贤们黏稠的血液。

春秋，最丰满的一种，喜欢者难以言传。

庄子，逍遥一生，也虚度一生。

司马迁，挖掘了一座矿山，本纪、世家、列传、书和表共一百三十名矿工在他的指挥下，丰收了无数个季节。

分散的口袋，在春天聚拢，然后拉上拉链，继续行走。

二

热，很热，鱼儿脱掉衣服，跃出水面。像诗歌的眼睛，僭越表象，回归她生活过的那片土地，追寻哪怕万分之一的瞬间。

打开唐诗，春江潮水洗礼了海上的明月，一幅宏大的画卷在冉冉升起。云帆被风掀开、卷起，船只一路拾遗，哪怕吉光片羽也没有错过。

如果诗歌有姓，那它该姓李。李唐王朝，人们的生活是诗的生活，在诗意的栖息里，健全的人格得以茁壮地成长。诗仙李白，金龟换酒的谪仙人，身着浩洁的夏装，长袖飘飘。他的怀下，拥有了太多的诗酒风流，贵妃磨墨、力士脱靴，一曲清平调曾穿越历史而飞扬，无比的逍遥，"云想衣裳花想容，春风拂槛露华容。若非群玉山头见，会向瑶台月下逢"也唱出了绝妙的诗心。

暑气渐渐消退、凝冻。有了一双诗眼，有了一件绣着诗歌的披风，不再怕鱼儿会跃出我们丰腴的视线。

三

曲尽人情，梨园的秋色呈露金黄和收获。

救风尘，九儒十丐像自救，秦楼楚馆，一颗风尘的种子埋下因果，成长为一粒蒸不烂煮不熟捶不扁炒不爆响当当的铜豌豆。

牡丹亭。才子佳人守望的圣地，至情因而流传。杜丽娘和柳梦梅，男欢女爱，他们寻觅的激情苍郁于心底，热辣似乎脱离了那个时代，但没有消亡。他们着装铅华而典雅，个性而纯真，浪漫而崇高。莎翁可曾妒忌他们，哈姆雷特可曾妒忌他们？

传奇在梨园荡漾，音色布满磁场，众人编织了一件雅俗共赏的秋装，过去在人群中穿梭，而今退却，住进了博物馆，古色古香。

四

冬天的地面一般要厚些。因为冷了，浮肿；因为冷了，冬装加厚。像大部头的书铺在地面，我席地却不敢轻言坐下。

随心所欲，往往被心所困，被欲所伤。可长可短，如南陵笑笑生将真实的身份缩短，也将真实的心欲拉长。

《金瓶梅》的性爱戳穿干裂的地表，《红楼梦》的痴贪膨胀着人间的血色，《西游记》挥霍着游戏般的想象力，而《三国演义》《水浒传》负载着文人挥之不去的责任。

漫长的冬夜，一杯凉茶拌着一碗稀粥，在一座岌岌可危的草房，点燃一盏昏暗的星火，这便是小说的主人，而雪地里洁白的便是他的冬装。

春落纸间

春，落在纸上。

红。黑。

让我想起童年。歌谣幽远，静静的我常昏睡在纸边。

痴性的少年，爱上翰墨，爷爷为故事和星星打上了很多红线。走过的路，没有了踪迹，难以回到春天。

春，落在纸上。

成了密封的季节。

打开书具，挥毫泼墨的指尖，勾走了星月，斗转星移，已然泯灭。久违的毛笔书法，一瞬间绽放了一朵墨花，整座春天，掉落在跃动的海面，潮水上扬。

春，落在纸上。

元宵是我心中的汤圆。她走后，我煮熟了圆圆的春天。

裱在纸上的春风以及春草，也一岁一枯荣了，纷纷扰扰的，像雨水点点滴滴，溢满了狭小的后园。

走了，就走了。自由的你，一如高原、丘陵、平原，步步为营，多好。

祝福呵。开怀呵。温暖呵。

紧紧地抱着，我抓住了整个春天。

轻抚春天

窗外。三月。读你，如同那年读我自己。

季节深陷，后花园长满荠菜，而油菜花误入一阵风，菜香花香化为一坛香油，铺满大地的金黄，便吹醒了越冬的诗篇。

三月。读你，很有感觉。像轻抚春天，每一株桃花，盛开在眉目之间；像轻唱歌谣，声音从绿叶里溢出，穿透湿润的根部，划过每一片新叶；像纸上画春天，绿色的身姿入梦，绿色的心灵开花。

这醉人的三月，读不尽的经典，绽放了岁月，藏在我纤细的指尖。

读你，三月的事物，清清静静地坐着，笑得那么腼腆。

江南忆梦

江南有梦，一梦千载。

五月近了，雨水拍打着屈原，发出一串逾越两千三百年的离骚。

诗人醒了，酒却黄了。

诗人醉了，梦却醒了。

千年的雨打着万年的梦。

这一梦，把灵均的身份彻彻底底地改变了。在梦里，我曾问过你：你还是那位江南的左徒或三闾大夫吗？抑或亡命之徒？你在沅湘江畔流浪，在秋浦河边吟啸徐行，又有谁能甄别出一位伟大的贵族？

香草。美人。这是你唯一的遗产。

楚怀王的美梦被谁葬送，而你的梦又被谁掐断？怀王一去不返，而你却哀伤地选择了投江。一代人的梦，怎样不消亡，或播种在历史的田野里，或流淌在江河湖海间。没有梦，就没有了这江南的五月。

雨——梅雨，绵绵不绝，屈子的梦就被你埋葬在汨罗江的深处，那一刻成为整个民族乃至整个国家的永远。

六月感怀

六月的日子，渐渐升温，像一个痴迷运动的男子，赶赴火热的球场。夜晚，太阳在跑，月光闻风而逃。

汉子以昂扬的姿态，驱逐着六月。

六月，学子们勇敢执着，从寒窗里探出文弱的身子，目光尾随身后火热的地球。

风雷。暴雨。热浪。跃起。飘移。翻滚。描述一种完美的过程，鼓动深夜一场无人邀请的球赛，越了我们这颗善良的星球。

六月，心灵舞动的梅子，跳跃于舌尖。这样无痕，却凝结了一串串葡萄般的记忆。书页里渐渐冷藏，水的晶莹。

六月，与书有关，与河流有关。从源头开始，孩子放大了红色的年轮。成长——封存。

六月，越翻越厚。每一个日子，在阳光下茁壮成长。

六月，越长越高。脾气不愠不火，男人的笔端失语，发出久违陌生的童音。文字以充沛的体力，接受这六月阳光经久的考验。

为夏而歌

一

这是一个熟悉的暗号，关联着我尊敬的表姑。她大我几岁，但她的孩子已经很大。

屋檐下，挂满了熟透的瓜果。

她，一个浑身汗臭的女人，一个蹦跳叫嚷的孩子的母亲。

少女远了。尘俗与无趣近了。

她是只极具挑逗性的燕子，由内而外地散发出夏季的味道。热气膨胀。

二

眼前，我的老家，是一个木头房子，两道鲜明的色泽——黑与白，像她的双翼，穿越记忆的天空。

马头墙。墙面上的图案，砖雕，木雕，样样精致巧妙，浑然凸显古老的徽州艺人的特质与底蕴。

靠近大门处，不知不觉地增加了两个鸟巢，垂直地涂抹出一个个城市的标志。那黑白相间的圆圈，飞逸的不仅仅是燕子的残物，更包含着夏的气息。有时甚至令人窒息。

燕子，在几十平方米的房屋内盘旋，一圈圈，一次次，叩击我的感官和细微的体验。我感到一种莫名的清甜，像春天的离别，留下绿的指纹，夹杂淡淡的雨水，冲洗着过往的浑浊。

春暖，燕子归来时。在皖南的一处小村落里，我等待着滑翔的花瓣，燕子越过高空。

三

雨，水的动态存在。

像雨点的坠落，或飘扬。下大时，它磅礴，瓢泼，一阵弹雨临头，砸得大地生疼，无奈地发出嘀嘀、嗒嗒的哀求之音。

夏，热的静态载体。河沟的水干涸，一半蒸发，一半下沉。稻子渐渐金黄，清冽的泉流注入夏的肌体，为成熟埋下伏笔。

交织如酥的天街小雨，或者枯荷残雨，它来则豪放、大气得多。风徜徉其间，满楼是山雨的真实的影子。

一场会冷场的雨，无声无息地，走进了我的生活。夏天变得时而热辣，时而冷酷，流经身体深处，呼吸越发脆弱。

雨，一直在下。雨变成夏的模样。

秋分私语

一个女孩，与花儿有关。她的世界，充满花儿的秘密。

可能如她所说的，沉浸在红楼的梦境中，过于长久，渐渐地便汲取了豪门的贵气。她的身影娇柔，内心深处像一块盛开的桃林，时时散发一缕缕迷人的花香。

是她，告诉了我。那时懵懂无知的大男孩，在羞赧的视线里，触及脚边的栀子。她们曾经这样繁花醉眼，怒放的季节，像路，我们刚刚走过。平淡、欣喜，便是路面的色泽，交错中延伸。

也是她，告诉我，头顶上的是合欢。夜间，行走的花儿，依旧绽红着脸颊，在黑色里显露一道夺目的亮光。它照耀下的我们，尽情品味，有夜晚的柔风拂面，有荷塘的幽香扑鼻，更有几分宁静中的激动。

仍是她，告诉我，触手可及的迎春花。活绿清新的叶子，缀连着养眼的春天，我不禁产生了释怀快意的思绪。

还是她，花儿的秘密却一直被深埋。走后，凋谢、枯干的花儿，掩埋了昔日所有的美丽，哪怕是一场盛景！

我不及提防地迎接了即景，那花儿一如风，迅猛而匆匆地飘过。

吻着花瓣，闻到花香时，我还未醒，却思考了一团的谜。

鱼的冬天

冬天。无雨。无风。天空却写满了真实，存在冬天。

我飞向黄花，果实，一阵淡淡的烟云拉着鱼，游回南方的冬天。

到入口，冬天携带风衣，鱼群啜饮而歌。

天边。你映着四方的脸，朝一道洁白的裂口回眸，就像你出现在地平线上，一条预知生命的坐标，正回旋上升，匍匐水面。

龟裂的鱼背，因为冬天称你为父，你便把阳光拖回。我窥见了阳光的脸，极其亲昵地吻你。孩子的脸在大地的背部。

荡漾一个放大的声音，鱼的冬天真的有鱼。

平日寂静的池水，或河流，像我的眼睛，一种形式被夸大的快感，渗透一群鱼的清澈，在这阳光凝冻的季节，鱼和呼吸相关。

冬天，鱼开始闪光。阳光照射午后，凝固的水，又增添了鱼的亮度。透过天空，我发现，悬着的一双青眼，锐利得几乎像鱼。

孤独的树

　　他，是一棵树，一棵挺拔却孤独的树，年轮总在无意间圈住许多细微的事物。他端坐在二十五的弧线上，我欣赏到这一棵树的风景。

　　树枝，正在夏日的晨曦里努力伸展。枝繁叶茂，在众多的枝丫衔接处，留下诗的斑纹和一片又一片的充满诗心的孤独。

　　枝叶上，滴落晶莹而干净的露珠，如同他梦里的江南，是多雨、多稻米的江南。

　　枝干，正直，可以用最短的诗行，抵达一个人的天堂。仰望苍穹，是浩瀚，还是迷途？天依旧很蓝。

　　他，一个游走于学院和世俗边缘的诗人。一只脚驻足在沉静的书页里，而另一只脚却还在浮躁的社会里翻转。生活原本就是这样，众多的边缘，物质上的匮乏，使他不得不去思考一些同龄人不用思考的问题。他已经养成夜晚思考的习性，经营着无数个星空，无眠和梦魇只是灵感的温床，一个写作者独立的方式。他嘴上说，一行诗一块钱，但我读懂了他的诗，一行诗就像一条河，只是从身体的内部流淌而出。他为人为诗，处人处事，都很用心，这是我所能感受到的，一个共同生活四年的室友所能感受到的。

　　亲睹他从一名普通的文学爱好者，成长为文学社的社长。该社曾荣获全国大学生文学社团擂台赛的冠军，从成立至今已培养出众多的诗人，不少在全国诗坛占有一席之地，诸如邵勇、周斌、牛慧祥等。他的诗文也似"白鲸"游向"星星"点缀的大海，楚楚风情与悲壮的孤独交相辉映。

他曾不止一次地对我说，"我最喜欢这首小诗——《一只麻雀》"。起初，我不太明白。它很短小，"一只麻雀飞远了/飞得很是彻底/它只在觅食时/落下半根羽毛/它的头向前/没有回望一眼"。的确，诗也像麻雀，虽小但五脏俱全；人也像麻雀，以此类彼的巧妙重合。可能在更隐秘之处，总有他的"她"藏在其中，当然这只是我的猜测。

在咀嚼诗人的文字中间，我逐渐消化了他给予的温暖和期待。正如我曾读到的一段话："他们的孤独和感悟也是希望有人来一同品尝和分享的。"

一朵飘逸的云

云，活泼，洒落她的心情，黑点一片又一片以幽默的方式离开。

云，霞光里的景象，从西南跑到东北，水一样地流动。

云，自然界灵秀的慧眼，天空失去她，生机也产生畏惧的距离。

马骑在云上，骆驼骑在云上，或驰骋或慢移，始终与她相依。

当云无影无踪，我已躺进她的怀里。

春天隐秘的语言

摘下春天，柳枝绿了。

摘下春天，桃花红了。

摘下春天，姑娘奔跑了。

万物不敢停留。春天像一条河，不愿委身出嫁任何美丽的语言。

春天，与一个女人邂逅。

春天，一个熟悉的地方从一轴水墨画的内心升起。

美景莫过于三月的江南。

轻轻一笔，云飘出了音乐，雨滴开始弹奏古琴，水中的涟漪写满禅意。

河流迷失了自己。

时光轻柔地，在阳光里发出成长的声音。

春天，以绽放书写自然的格言。

或许，这是最隐秘的句子。

三月的鱼群，被垂钓者惊醒，春天也被他们惊醒。

所有凌乱的脚步，仿佛躁动的呼吸。

它们奔波劳累，梦想脚下的一片江湖。

全是一场春梦。午后两点的阳光落入了淋漓的大水。

春天，油菜花笑了。金黄的脸庞。娇美的体态。灵性的舞姿。

她姿势无端，如唐诗，如仙游，如狂草，豪情在天地之间张扬，鸿伟的情致氤氲苍穹。

春天，每一枚形象的文字都回归大地。

拜访浩渺的江海，踏寻未名的湖畔。

春风里，读不尽得意的马蹄。

山鸟在鸣唱。松涛在私语。一条河在修行。

一座湖即很高的道境。听五湖之音，天地通灵。

一串水灵的名字如同宫、商、角、徵、羽，渐次在心弦上撩拨开来。

悠扬的古乐声中，她时而变成一只水鸟，时而隐入一支竹篙，时而化作一枚雨滴，时而潜心一颗石子……

湖心熠熠生辉，宛若一面天然的明镜，折射出万物的高深秘密。

她，一滴古老的水，一弯年轻的月，一把蜷缩的尺。昔日所有的记忆都被卷进刻度里，一毫一厘，生动地呈现了生命的厚度。

百里无尽意春风

用长度丈量一条河，名曰长河。

用数字标识一个镇，名曰百里。

而我们，用心灵去聆听你，轻抚你，借春风百里，激荡无尽而浪漫的诗心。

——题记

长河。百里。百里。长河。

我反反复复地念着这两个词语，思绪在二者之间跳跃。它们好像两尾太湖的鱼，任我如何驱赶，依然淡定自若，游刃有余。梦境中，我仿佛又窥见它们活蹦乱跳的身影，月光下惬意地游弋在波光粼粼的碧水间，那种"海阔凭鱼跃，天高任鸟飞"的自由与欢快瞬间占据了我的整个身心。

于是，带着遐想，怀着憧憬，我随"安徽作家看百里"采风团深入大别山腹地的安庆市太湖县百里镇，真真切切地用双脚丈量这片期待已久的神奇的土地，用心灵去标识一个名叫百里的风情。

长河，诗韵百里

提及"长河"，我自然而然地想起唐代诗人王维的诗句："大漠孤烟直，长河落日圆"（《使至塞上》）。此千古名句想必大家耳熟能详，正如东坡居士所云："味摩诘之诗，诗中有画，画中有诗"，它浑然勾勒出一派塞外奇特壮丽的风光，其画面之开阔、意境之雄浑，成为行吟千年的绝唱，而"长河"也因此流进了诗歌的故乡，持久地弥散着一种幽香的诗韵。在这里，百里长河宛若一条蛟龙，可谓"神龙见首不见尾"，云游在大别山的深处；又如一部史诗，长长地铺排而来的浩荡的体式，仿佛历史的烟云瞬间席卷而来，烟波之上氤氲着一股浓浓的诗意与古意，我们浮游其中，亦渐入佳境。

瞧！这漫漫的山路，始终与一条长河相伴，弯弯曲曲伸向远方，虽说只有"百里"，却要大巴"走"上半日，在交通极其便捷的当下不可谓不长。而你，就在这苍莽的崇山峻岭间，清清静静，心无旁骛，兀自绽放了一条长河的春天。

我们沿着长河古道，来到一个诗意盎然的村庄——柳青村。这是我们来到百里镇的第一站，印象极为深刻。这里，不仅有淳朴热情的乡亲，还有原汁原味的曲子戏，更有令人叹为观止的诗、词、书、画。据说，柳青村和其他百里的村子一样都先后成立了诗社，而且创办了各自的诗刊，还定期举办诗词朗诵、创作培训、采风交流等文艺活动，极大鼓舞和壮大了当地的农民诗人队伍。而在柳青村的农家书屋内，我们又亲眼见到了大量的文学艺术作品，如若不问出处，定然想不到它们会出自农民之手，竟是如此的造诣精深。我们艳羡、惊叹，甚至流连忘返，仿佛是走进了一位艺术大师的创作室，为在这深山僻远之地能有如此惊艳的文艺邂逅而感到庆幸和欢腾。我随意地打开其中的一本手写的诗集，展卷即是一首诗意隽永的五言律诗《登高》：

"春来偕爱侣，信步葛藤尖。旷野山盈树，平川水护田。黄牛哞古道，紫燕啄新檐。远眺三千寺，悠然彩雾间。"

细细品咂，诗行间意韵悠长，笔势有轻、重、缓、急，各联有起、承、转、合，其清丽的小楷与柔美的诗句交相辉映，相得益彰，令人如坐春风。

又如我们获赠的百里镇诗词书画学会会刊《百卉园》第七期上发表的一首曾获"百里杯"格律诗词大赛二等奖的作品《百里行》：

"三千寨上三千寺，百里长河百里流。北绘南屏更旧貌，南行北水润新畴。应怜小草多情地，欲览高山一色秋。不少眼开成幻影，轻歌回荡画中游。"

一本本或薄或厚、或新或旧的诗集，无论是各个诗社主办的刊物，还是村民自费印刷的小集子，抑或农民诗友们亲笔手写的诗词，也不论是耄耋之年的诗坛宿儒，还是求学上进的少年儿郎，透过诗词我们皆可真切地感知到一颗诗心，他们都是发自内心地喜爱中华诗词，自觉地浸润和传承着一种诗教国度的文化精髓，他们笔下的诗词文章蘸满了百里人民对诗意生活的向往与执着追求。在我们这群慕名而来的"作家"看来，百里遍地是诗！百里遍地是诗人！难怪乎，中华诗词学会要授予百里镇"中华诗词之乡"的称号，确是实至名归，当之无愧。

或许正是独坐诗词的原乡——百里，我们倍感生命之美好，这里的一切存在包括葛藤、黄牛、紫燕、彩雾、小草等皆充满生活的诗意，这里的诗人们虽处江湖之远，却很大程度上汲取了大别山与百里长河的精魂，渐入物我两忘的诗境，进而创作出大量优秀的诗词作品。这些如璞玉般朴实无华、浑然天成的佳作亦如长河，横溢的诗意与盎然的情味源源不断地注入诗词的内核，流向了现实与梦想的远方，也让我们分享到了一种"信步"与"悠然"的情调以及一幅立体生动的美丽乡村图景，更是收获了一份回归田园的惬意与自在。

毛香，大地回春

2017 年的春天，似乎来得稍早些。

从车窗外的风景到餐桌上的珍肴，我们越发读出了春天的滋味。在百里的传统古村落共和村，我们不仅欣赏到世外桃源朱河口的山水灵动的可餐秀色，还在农户家中零距离地观看做糍粑、状元糕的全过程，品尝了刚刚出炉的乡间美食，一个个热气腾腾的糍粑仿佛把春天迎进家门，轻轻咬上一口，芝麻的清香瞬间溢满鼻腔，一种醇厚的甜美滑过舌尖，大家顿时感到胃口大开，就连平日拘谨的我也抵挡不住诱惑，放开手脚海吃起来，记得那一会一连吃了三四个，似乎也不觉得饱！

然而，春天里最美的美食不过毛香粑。在东口村烫豆粑，吃毛香粑，真是"美不胜收"，直叫人"以身相许"。毛香，又名水菊，它是春的信使，一种很时令的野味。因其花黄色，簇生梢头，酷似野菊而得名。在百里，引它作食材的历史久远，亦是先民的一种创造，当地人至今还保留了传统的制作工艺。他们将野外采摘的毛香鲜嫩的茎叶洗净切碎，与籼米粉（掺入少量糯米粉）拌匀，然后放置在春米的石碓里反复舂成泥状，再做成毛香粑。正因为毛香之香和米香之香的叠加，毛香粑作为大地的食谱，其香极纯极正，其味浓厚而甘甜，俨然是一种天然的美味，历来深受人们的青睐。你若尝上一口，其乡野之清气芬芳，其味蕾之香甜醇厚，足以勾人心魂，回味无穷。而百里的毛香节，正如舌尖上的春天，演绎着一场春回大地的饕餮盛宴。

三千，茶禅一味

我们随客车爬上山尖，百里镇松泉村早已静卧在脚下。而三尖寨上热情的主人为每一位来客都沏上了一壶好茶——三尖寨云雾茶。那一刻，端坐在三尖山上，品茗幽香，似与三座高山对饮畅谈，在云雾缭绕的妙境之中，我仿佛神游一般，窥见一幅现实版的《山居秋暝》图："明月松间照，清泉石上流。竹喧归浣女，莲动下渔舟。随意春芳歇，王孙自可留。"那一刻，我文思泉涌，欲借三千茶盏远游，而不绝如缕的绿色的笔墨像远方的游子，在水一方。三尖寨云雾茶，被我永久珍藏。

我们拾级而上，不远处即是赫赫有名的三千寺。这座始建于唐天宝年间的古刹，至今已有一千两百余年历史。我与诸位文友慕名登上三千寺，乘愿和风细雨，浸润满心的清香。在这茶香悠悠、禅味幽幽的高山之上，虽无明代鼎盛时期"僧徒三千，道八百"之壮观，但百里的香客与三尖寨的香茶，无时无刻不在吐纳天地的精华。三千寺的师太节衣缩食，却收养了一个又一个的弃婴，她们陆续长大成才，更是得到了社会各界热心人士的关心和帮助。或许，天地之间自有一股悲悯的力量，它们以慈悲的存在、容忍的精神在沸腾的世界里行走，在宁静的杯盏中清修，即以无我的姿态，把纯粹的味道留在这百里长河之上、三尖峰之巅。三千寺的历代大德高僧们穿越浮世的喧哗，如一团云雾，如一杯清茶，充满禅意地淡然地存在，却一以贯之地向众生敞开自己绿色的襟怀，绽放出一派如痴如醉的春色。

曲子戏。大鼓书。介于石……百里有太多令我们动容的风景，虽然不能一一详实地记述，但它们都已深深地烙印在我们的心底，正如春风百里，诗韵幽香。我们从遥远的地方汇聚在太湖的中央，沿长河古道溯流而上，又行游百余华里，一路奔跑，留下了一枚"百里"的诗章。

百里！宛如一代天骄，似天生的文豪，吟诗作赋信手拈来。你以滔滔不绝的姿态，倾泻着隐匿于内心深处已久的那份朴素的情怀。新年伊始，你即以一泓清流洗尽大地的尘埃，绘就一轴荡漾着诗情画意的水墨画卷。

百里！你始终与长河古道长相厮守，相伴永年，这是太湖之境，大别山的腹地。从第一次听闻"百里"的大名起，心中便生出莫名的惊喜，因为我们之前虽未谋面却似曾相识，就在 2017 年的新年伊始，能够邂逅百里，亦是人生中一桩幸福而美好的事情。

阳光躲在秋风里

这是一场阳光与秋天的盛宴。

我们参与其中，一一回到了记忆的原点。

放眼，阳光铺满流年。

匆匆的脚步，揉碎于双臂交叉，停滞在蝴蝶一样的阳光里。

青翠的竹筏在湿润的河流里绵延，金色的童年在涌动的江畔拍岸。

花开，敞亮一道阳光的颂词。

书声琅琅。往事悠悠。

李白的长歌种在水池里，杜牧的短歌系在柳条上，易安居士的一缕缕情丝，牵在越飞越高的风筝的耳朵里。

东坡的明月还未圆，或许明夜将从后山油菜花丛中冉冉升起。

偶尔，窥见一张稚嫩的小脸，像一只自由的小鸟，穿越南方的树林。

风儿，躲在飞翔的羽翼里，因为害怕，发出不可遏止的嘶鸣。

青春，是阳光的内核。

那年，寒窗不寒，温暖的阳光在诗句中突围，照见了一匹脱缰的骏马。

蹄下生风。马踏飞燕。瞬息，点亮了遥远的草原。

梦想从黑夜穿越地平线。

京郊。学府。寒窗。摇摆不定的青春，和着轻柔的曲子，袅袅上升。

秋风。诗行。一阵阵，不绝如缕。

那时的我，不知远游为何物。但你用两百诗笺，成全青年人踏足彼岸。

一朵朵浮云，骑马过河，载着一个浪子，蓄满清风。

饮食男女，泛舟欲望的大海，木桨划出了欢乐的语言，被多情的海水一次次灌醉。

但当你竖起桅杆，梦想便在启程。

梦中，聆听遥远的凯歌，是秋风在弹奏。

而阳光这尾鱼，闻声而来。披鳞甲，吞万物，爱恋一切静态的美。

水下，你胜过所有的光芒。

本色在上下跃动，缝隙里张扬一种无与伦比的清澈与浩瀚。

辑 五

声声·慢

花　落

　　我随意地翻阅诗集，蝴蝶落在我的诗句上。

　　不敢惊动这轻盈的生命，她只是一只黑色的小蝴蝶。

　　但风不听话，我的眼球也不听话，翻动地终究是一朵静谧的野花。

　　耳畔。落地有声，是坚硬的词语闯入家门，隔墙耳朵从未遁逃。

　　眼帘。花落无声，柔软的身影，填补了某种黑夜的空白。

　　这朵花，是雪，是蝶，是梅，从三十年前落地，一瞬间成为永恒。

书　香

这一天，为冷寂的书房添香。

一排排文弱的书生，挺直了腰杆，耕耘在方块之间。

一滴滴汗水在笔尖倾情诉说。

或悲或欣，交集于一亩三分水田。

出汗。落泪。把厚厚的夜打磨成扁平的纸张。

这一天，书香淹没月光，深藏地下的渴望。耕读传家的农人，翻阅每一片土地。

无边的稻穗，偷偷绽露了笑容，点亮汉语的星空。

这一天，每一枚文字，窥见她们的柔弱，像弯曲的岁月蛰伏，遁隐。

这一天，为书香流连，深深浅浅的墨迹，端坐在时光里膜拜仓颉的背影。

骏　马

　　心中跃跃不止，从小喂养了一匹枣红大马。

　　外观吉祥喜庆，内省前程似锦。

　　多少次睡梦中，闪现唯美的姿态。像风，像浪，像彩虹……一跃十步，远了又远。

　　马背上的人，仿佛夸父在逐日。

　　菏泽。桃林。水流。

　　淹没了马蹄，骐骥和驽马在驿道，并驾齐驱。

远　游

一

宋城。给我一天，还你千年。

这鲜明的广告，放大在七月，写进了一个人的宋城。

黄巧灵真是巧灵，用丽水的灵气，用杭州的灵气，用南宋的灵气，编织一张古老的情网，守住一座城池，呵护一个千古情人。

盛夏，迎接一个主题。色彩鲜艳。像我们入住的酒店，这里面有海南的热气，也有黄巧灵的灵气。

积德。行善。积攒无边的"巧"劲。

敢作。敢当。积蓄满江的"灵"光。

他，穿越南宋，攻城拔寨，神勇如鹏举，以千古的情怀，书写一座千古的城。

二

东方。这颗明珠真亮。

小小的上海，大大的明珠，我没有等到你，艳阳落入江水，排队的人渐渐离去，就窥见她黯然神伤的眼眸。

三

第一次见到熟悉的黄浦江，伫立人群之外的外滩。

很多人远眺、合影，静默地数着数，那是彼岸的世界，仿佛海市蜃楼吸引无数惊叹的眼球。

你伸手拥抱阳光，亲吻风声里每一滴千年万载的江水。

东流。东流。你不知疲倦，流入午后两点的阳光里。

四

时空穿梭，地铁站打破了黑夜，从一个爬满乘客的洞穴，涌出一截截光阴。

南京西路 1686 的鼓楼。与高耸的队伍，以及世俗的气味，保持不太适度的距离。

这独立的却不能独立的丛林，远抵不过一个纯粹而干净的意念。

五

在杭师大的校园里，我与弘一法师相遇。

之前的念想，在这个静谧的河畔，画上了一个轻盈的引号。

这师徒的恩情深如恕园，在铜像凝固的美中流溢。

李叔同。丰子恺。

一代大师，一位高徒，他的学生站在身后多么美。

一个城市的灵魂，一个时代的知音，在美的音乐、美的禅经、美的画卷的深处，诗意栖息，有了自由的灵魂。

城　墙

一堵破损的墙，在风中战栗。

它与夜并不矛盾，风只在风的刃上哭泣，连同粗糙的手和浸润的眼泪，像雨一般滑入冬天的菜地，悄无声息。

这不是一个弥漫成熟的季节。寒冷的事物，如同白色的镜子，简洁而干净。

在深夜，按时守望一座大山。一座无风而湿润的大山。

众多的落叶、丫枝开始堆积，停泊在它瘦小的腰上。

临近天明时，它们不仅拥有幸福，也拥有忧伤。

花　朵

　　花朵的美是一种隐喻。

　　或艳丽或淡雅，或奔放或内敛，风格不同但同样是美。

　　花朵可以是寂寞的。她远离喧嚣，绽放自己的美丽。

　　在那精彩的瞬间，或舞姿翩翩，或歌声悠扬，她轻盈飞逸的裙角，难以掩饰青春的华美。

　　花朵有思想，也是追求。女为悦己者容，花为悦己者开。相视一笑，彩蝶已在合欢树下飞舞。

　　花朵在高处张望，在低处思想，从不放弃对土地的依恋。一股幽幽的清香在八月悄然绽放，由内而外散发着青春的欲动。

　　拥抱一座美妙的季节，采撷一枚灵异的花朵，守护花朵的誓言。一瞬间。一颗心。一束火花。时空的内核击撞出绚烂的花朵。

　　静态的花，动态的鸟，或以香为语，或以语为香，共同筑造天地的玄妙与美丽。

　　花香即是一种语言，述说懂爱的女人。她播撒一颗勇敢的心，守卫中国广袤的疆土。

　　花香四溢。四海为家。哪里有需要，家就落在哪里。花朵的内心守望一份挚爱。

　　纯洁。忠贞。坚守。扫尽枯叶以及冗余的言语，默默守护。

八月，孕育神圣、美丽和芬芳。满园的馨香，传递着深深的爱恋，氤氲着醉人的诗篇。这份世间最宝贵、最纯洁、最深厚的情缘，在月圆之夜愈加浓烈甘甜。

我静静地聆听一朵花、一枚果实的声音，仿佛此刻她们都是最幸福的女人。

一棵树

　　一棵树，历经了十年风雨，修炼成一道人间的风景。而你，经历了更为漫长的磨砺，修炼成一棵树的风景。

　　你，以一棵树的姿态，与自然对话，与大地相生，与阳光融合；

　　你，以一棵树的语言，采撷雨露，吮吸长空；

　　你，以一棵树的身手，默默勤劳地耕作，供养一片片新的绿叶。

　　而我们，流连一棵树，以它静默的方式、舒缓的节奏，敲开流水的心扉，一次次翻新了年轮。

　　一棵树。紧紧地拥抱大地的身体，迈出沉稳的脚步，积蓄一股蓬勃的力量，生长出新的羽翼。

　　一棵树。迎接一群南飞的孔雀。他只为等候春天，淘洗一遍遍微风，勾勒了流年深处的那道树影与鸟鸣。他种下生生不息的欲念，让满树的繁枝更加繁茂，让满树的绿叶更加葱茏。

　　我们，依偎一棵树。静悄悄的河水偷走了阳光，流进无数的叶脉，鲜艳的光泽如同一面绿色的镜子，追逐一曲暖风以及自由生长的声音。

太湖殇

太湖的水，很像湖南的湘水。

太湖的鱼，像极了江鱼。

因为苍茫，因为无边，才游到故乡。

太湖，我没有游过的水，依然洗涤我的五脏六腑，从我的字典里游来，掩映着我青色的小说，甚至流进我的诗歌。

我觉得，她是我诗集的封面。浩瀚广阔属于纯粹的深埋地下的诗者。

海，想象的水；湖，意念的水。

彼岸的事物像湖水，轻轻地摇到了岸边。

无涯的则是海水，苦苦等待一生，她依然没有发出——回归的信号。

诗歌，请你不要迷恋大海；

大海，也请你不要迷恋麦地。

天堂。铁轨。如同汪洋，船舶。深深浅浅的路，需深深浅浅地行。

松萝茶

春天，茶盏远游，绿色的笔墨远游。松萝，像远方的游子，在水一方。

让福寺。松萝山。乘愿和风细雨，万千信众品茗禅意，浸润满心的清香。

茶香悠悠。禅味幽幽。僧大方的美名远扬，一包松萝茶，一颗慈悲心，种在这高山之上，吐纳天地的精华。

香客。香茶。以茶为引，松萝生长在禅境之中；以山为名，松萝的内心仁厚而通灵。

当众生啜饮一杯杯禅意，老方丈普济众生的法力仍在滋长。但，昔日庙前的那一泓绿水，恐是今生重金难买的禅经！

在沸腾的世界里行走，在宁静的杯盏中清修，松萝茶以无我的姿态，把纯粹的味道留在故乡，背在肩上，亲笔画上一朵朵乡愁。

午后，禅味渐深。亲吻你的双唇，一片清香沉醉。

午后，一种熟悉的味道牵引着我们，敞开了你绿色的襟怀，绽放出一派如痴如醉的春色。

轻抚你的衣袖，瞬间掀起绿色的波浪，乘虚而入鼻腔的闺房。

春天，以汉字为浆，茶客们决意采摘这座丰腴的松萝山，在春天的茶棵上撷取一首短诗、一瓣馨香以及一缕茶禅。正如一口清香，缓缓流动，在水中绽露笑脸，在深厚的土地上抒写浓浓的江南。

衣饭书

每一天，若能做到：有衣穿，有饭吃，还有书读，足矣。

每一天，若能做到：像我同龄的胡竹峰一样，下笔如有神，将琐细的日常写得意味悠长、妙趣横生，该有多好。

每一天，若能做到：临帖习书，倾听笔尖与宣纸的窃窃私语，古雅的意蕴在墨迹里重现鲜活，尽情地欣赏碑与帖的华章，如王羲之的兰亭流芳，怀素的狂草奔放……多么美。

每一天，若能做到：饮食。男女。煎茶。品茗。读书。著文。借一桌美食，或一道风景，或一片茶叶，释放澄静的清气。诸如"人生如茶"，一个经典而丰满的修辞，吸引了多少古今过客。

每一天，若能做到：粗茶。淡饭。红袖。添香。这是每一个俗子的清修，无须信誓旦旦，仅在清浅的流光里寻味季节特有的暗香。

每一天，做到的做不到的都在江南无休无止的雨水里浸泡、发酵。而我们，漫不经心地游走，徜徉于曲曲折折地铺满青石板的老街的一端，感知岁月的剑气、文气与俗气，多么微妙。

岁月有痕

书是手头最新的一本，而岁月是常新的印痕。

"文章千古事，得失寸心知"。翻开这书，我更加相信文字里游走的讲述者。他的文字和他的为人一样，深刻、睿智、机敏而温暖。他的笔触有 36.5 度的体温，他的目光有一万里长，他是寄温情于深情的写作者。每年冬天，他像候鸟一样南飞，在遥远的深圳有他思念的亲人。

他是一个很可爱的老头。言语里没有隔阂，生活中没有肤浅。在他并不宽敞的客厅里，在一个明媚的午后，我与老先生畅谈文学与人生。他指点我，启发我，恰如"手捧珍珠一串"，"寻梦归一处"，"抒真情一片"，"把闲话一通"……我愿意倾听先生的芳香心语与悠悠岁月的曼妙歌声。

他是岁月的守望者。他不仅深谙休宁方言、文史掌故，对陪郭头、古城岩、老戏院、胜利台、石屋坑等地名文化和历史传说都有深入的了解研究，还对昔日成长的地方——汪金桥有很深的感情。他认识我的爷爷，因为那里离我的老家很近。爷爷走了很多年，留下的痕迹越来越少，但认识的人无不钦佩他做人做事的品格。这是"雁过留声，人过留名"的铁证。我常常想起爷爷，不仅因为他曾经对我悉心的呵护，更因为他是我的榜样。

岁月。有痕。正如东坡居士写给胞弟子由的那句"人生到处知何似，应似飞鸿踏雪泥。泥上偶然留指爪，鸿飞哪复计东西"。品读《岁月有痕》，每一篇散文都是岁月的足迹，每一个标题都有季节的更替。读懂岁月的声音，倾听内心的浅吟，仿佛冬日的一缕暖阳，轻轻地唤起了我们"阳光下的感动"。

黄山归来

归来。黄山。

大美，无双。

王者归来的气象，五岳早已心悦诚服，于你脚下俯首称臣。

你是万山之王。归隐了很久，也远离不了群山的追捧，以及圣哲的眼神。

你端坐山巅，奇松毅然行走，以诡谲的姿势，浇灌一簇簇灵石花开。

你的身影，若隐若现，像扬帆缥缈的云海，珍藏经年的泪水，在明眸里沸腾泉涌，照见了我们泱泱华夏。

你隐退前，一张铁青的脸，怪不得人家喊你——"黟山"。

你归隐后，陪伴圣哲耕读东方。

日。月。星。辰。无处隐居，在紫色的丹炉里闭关修行。

你穿越了铁壁铜墙，以及生命的形态，随黄帝羽化登仙。

你生于道家，养育了画家。

黄宾虹。刘海粟。皈依你，一卷卷山水翩然归来。

西风禅寺

掬一泓清泉入画，花亭暗流。湖面游动的"禅"卷，向岸边奔涌。

西风禅寺倚靠凤凰，激扬万古长空，一轴轴无言的顿悟。

悠然空灵与清幽，巍峨的大师如山。蓦然回首，无我纯虑的信众归来。

我们相遇像西风洞口的清风，吹绿了禅林。

万千草木肃然。

面壁。打坐。参禅。神闲气定如五祖弘忍，拈花一笑，不绝如缕的禅意竞相拍打着花亭湖水。

一浪一浪，灵动了凤凰山的碧色。

风弥漫禅味，水无比平和。这里隐去我们一颗尘俗的心。

当万众啜饮禅茶，与圣哲行走，一方清清静静，渐渐升腾。

禅源物语

山，山外的山。

水，源远的水。

这方山水，蕴藏着无量的空灵之气。端坐花亭湖畔，与幽幽禅意对饮，不觉春风拂面，身心轻盈起来。

每每提及太湖，心中总是充满感念。我与太湖似乎冥冥中有很深的缘分。虽然我家住徽州，却在中学时代遇上了一位能力很强的班主任，他一口太湖口音，是纯粹的太湖人，太湖中学的毕业生；在大学时代遇到了一位文学导师石楠先生，她的人物传记深刻地影响着我们白鲸文学社的每一个人，她是土生土长的太湖人，也毕业于太湖中学；在走上工作岗位之后，开始了业余文学艺术创作，选题即中国佛教领袖、一代国学大师赵朴初先生，他亦是太湖人。这真是冥冥之中的天然选择，我好像与太湖有着太多不可言说的奇缘。我记得，第一次写赵朴初先生，笔墨始终离不开他的家乡太湖，因为他在太湖度过了漫长而丰厚的童年；第二次写赵朴初先生，依旧不能撇开太湖，因为这方土地滋养了他，尤其是他母亲的诗性与佛缘影响其一生。

于是，我怀着崇敬与向往，曾两次远赴太湖，拜谒了赵朴初先生的故居，用心感受这一方水土的缕缕禅意。听！环绕寺前镇的浩瀚的水波，或急或缓，或高或低，拍打堤岸的干净的声音，无限的美好！它孕育于空灵，却是长于空灵的尤物，弦音纯净，大地柔美，淡远、宽广的禅境迎风而来。

太湖，禅源之所。隐居大别山的深处，日子望穿秋水般凝注了一个偌大的太湖，那古奥而深邃的眼神，仍在闪动着扑朔迷离的色彩。横卧其间，似乎隐匿了一处胜境，而那花亭的坦荡，却被禅湖的雾霭层层地笼罩，"天下第一禅湖"的美名自然流芳。

太湖，禅意之境。你若是在花亭湖这方充满禅味的湖水里泛舟行吟，收获的将是满心的禅意。深夜，凝冻的花亭湖水在朦胧的视线中晃动，若隐若现，仿佛时空逆转。一晃回到二三十年前（1990年），那个写满忧伤和乡愁的夜晚，一代佛学大师点亮了一盏幽古而明镜的佛灯，瞬间照亮故乡的夜空，成为一道久违的点缀，一线植入心魂的光影。花亭湖下涌动着热浪，是和鱼群一样的，穿梭自由的文字。花亭湖的水，如一面晃动的镜子，映照出夏日菡萏的淡雅风姿；傍依着她的山，如一座座高塔，其凛然振风的姿态，只会静谧幽生，且于轻扬的晚风里，飘洒禅的花絮。观照花亭山水，她动和静相谐，智和仁并蓄，生发出无限开阔的人生之境，正如一本生命哲学的教材，用一滴思想的水净化了整个宇宙。水至静成湖。花亭湖的水，是一道风景，更是一片禅意栖居之所。朴老生前曾写过一首还乡词，似述生平之不尽的乡情，"老大始还乡，惊见人天尽换装"，站在花亭湖的明镜中，朴老"仅尽情领受，千重山色，万顷波光。不教往事惹思量。任故宅水深千尺，抑又何伤？问还余几多光热，报我乡邦"。想起朴老那张伫立船头的黑白照片，上面堆满了禅意，尤其是他微笑、慈善的脸庞，将背后浩渺的花亭湖水，卷入一种独特的思念情愫之中，那份淡淡的却也真诚的感伤，于相外更于字外，传达出禅者的超然而博大的胸襟。

湖面如镜，澄澈晶莹，闪烁着禅性的明净之光。花亭湖下的鱼群，在碧水中行走，似高僧的肉身，在尘世里穿梭。形而上的觉悟，再次告诫我们：佛陀早已沉浸在花亭湖的浩渺水域之中。那位晋朝的天竺高僧佛图澄醒来时，或许还在为自己千年以前的抉择欣然赞叹！一千四百多年前，中国禅宗初祖慧可立地成佛，在狮子山头，将佛理阐释得天衣无缝。他用了整整三十一年时间，才点化出"一花五叶"的禅宗图案。而今，太湖的禅源文化越发厚重，恰如花亭湖畔的西风禅寺香火正旺。

情定怀远

怀远，怀远。

正如我的名字，祖父赐予我们每一个孩子怀"远"的力量。当年，父亲在北方，在遥远的军营捍卫国家的领土，而母亲在江南乡下，日出而作日落而息，古老的徽州赓续着骆驼般辛勤劳作的身影。母亲生下我的那一天，正巧父亲探亲回家。或许是我不忍见到父母久别重逢的催人泪下的情景，也或许是一份亲情的力量催生了我的提前到场，于是，我们三人终于团聚了，在一个不足十平方米的小房子里紧紧地依偎在一起，他们拥抱我的诞生，更是怀抱着 1984 年的春天，那是寒冬腊月里最温暖人心的力量。

怀远，在北，而我一直生活在南。但是，最远不过我们内心的怀想。我注定与怀远有一段不解的情缘。从第一次听说"怀远"的芳名开始，她就像一片轻盈的雪花落在我的心底。那无声的倾诉，宛如大地与雨水密织的浓情，消解着时空幽远而深邃的诗意。

怀古圣贤：巧遇大禹返乡

大禹的足迹是中国历史长河中最美丽的一道风景。他与中华民族的进程有关，与黄河有关，与时代精神有关。假若没有大水，便没有了大禹。当我还在偏远的山村小学念书的时候，就熟知了大禹治水的历史典故，他"三过家门而不入"的无私奉公的精神令人无限敬仰与感佩，他无愧为一个时代的"圣贤"。然而，时隔数千年，当我们行走在怀远，这片诞生大禹的神奇土地上，依旧可以感知到一种圣哲的力量。

黄帝。颛顼。鲧。禹。启。一脉相承。他们是神州大地之上生生不息的龙脉、血脉与水脉。翻开尘封的历史，"禹幼年随父亲鲧东迁，来到中原。其父鲧被帝尧封于崇。帝尧时，中原洪水泛滥造成水患灾祸，百姓愁苦不堪。帝尧命令鲧治水，鲧受命治理洪水水患，鲧用障水法，也就是在岸边设置河堤，但水却越淹越高，历时九年未能平息洪水灾祸。接着禹被任命为司空，继任治水之事。禹立即与益和后稷一起，召集百姓前来协助，他视察河道，并检讨鲧治水失败的原因。禹总结了其父亲治水失败的教训，改革治水方法以疏导河川治水为主导，利用水向低处流的自然趋势，疏通了九河……经过13年治理，终于取得成功，消除了中原洪水泛滥的灾祸。因为治洪水有功，人们为表达对禹的感激之情，尊称他为大禹"。所以，在怀远，我们所见到的淮水显得那么平静，而大大小小的湖泊犹如大禹淡定的眼眸，观照大地之上的一切事物，譬如变幻多端的浮云、圆缺无常的月光以及匆匆而去的大雁、雨滴、行人……在怀远，大禹的足迹如空气里的水滴，让我们看到了万物润泽的生命力。禹从这里出发，沿着水脉走遍中华，他一边治水，一边指点江山，划定九州，他的天下是每一个华夏子孙的信仰，而他的信仰亦是我们中华民族的力量。

远方咫尺：花鼓灯的劲道

因为文学，我们相聚在怀远；
因为怀远，我们难以忘怀那一场激扬着生命活力的花鼓灯。

金秋时节，记得我们参加全省文学内刊主编联席会的作家们无不全神贯注，一颗颗跳动的心被花鼓灯的舞台占据着，演员们用心地演绎着剧情，作家们则用心体味着一方水土孕育的风情。

怀远是花鼓灯表演艺术的诞生地，它是"传播于淮河流域的一种以舞蹈为主要内容的综合性艺术形式"，涵盖了歌、舞和戏剧，"或高昂激越或婉转纤柔，是汉民族具有代表性和震撼力的民间舞蹈之一"。关于花鼓灯，还有一段鲜为人知的历史传说：在怀远的涂山脚下，大禹与涂山氏之女女娇新婚不久即出征治水，此后十三年间，大禹一心治水，三过家门而不入，而妻子越来越思恋大禹，每天抱着儿子启站在山坡上向着远方眺望，期盼能和丈夫早日团圆。女娇对丈夫大禹的深情感天动地，竟化作一块巨石，被人们称作"望夫石""启母石"。后来，人们盖起了禹王庙以纪念他们，而且在每年农历三月二十八日逐渐形成一场盛大的庙会，百姓自发地组织大型表演活动，在锣鼓声声与蹁跹起舞的历史舞台上便有了卓绝于世的花鼓灯。

"一双红袖舞纷纷，软似花鼓乱似云，自是擎身无妙手，肩头掌上有何分。"轻念有清一朝戏曲家孔尚任对花鼓灯的激赞诗句，正如我们眼前的这一场鲜活而灵动的表演，虽近在咫尺，却又思绪千载。我想，花鼓灯的表演艺术尽管流传久远，但一直活跃在江淮大地之上，广大群众的视野之内和生活之中，陪伴着一代代怀远人民追慕先贤、膜拜禹王的丰功伟绩，更是让后人们对大禹之妻女娇身为人妻与人母的圣洁伟大的形象平添了多分敬仰！

倾听怀远：石榴花开的声音

怀远与石榴，仿佛一对孪生兄妹，它们相互诉说着金秋的喜悦，倾听着淮河岸边一阵阵爽朗而甜美的花开的声音。

"榴，邑中以此果为最，曹州贡榴所不及也。红花红实，白花白实，玉籽榴尤佳。"《怀远县志》清楚地记载着该县盛产石榴的历史。而今，这里的石榴产品琳琅满目，其酿造的石榴酒已成为当地一种独特的酒文化。怀远因石榴声名远播，石榴因怀远而倍加珍贵。根据相关资料记载，怀远石榴的栽培历史悠久，从唐代已有栽植，到了清代怀远石榴已诸正史；其品质极佳，色泽艳丽，果皮呈红色，黄白相间，布着红晕，并有青翠光泽，如玉琢脂凝，外观可人，口感宜人；其品种丰富，其玉石籽、玛瑙籽、红玛瑙、果大而美的大笨子、二笨子、青皮等，不一而足；其姿态典雅，石榴花姿丰满，雍容华贵，于鲜红的色泽中略带针刺，盈溢着一种不容轻薄的贵族气度，恰与其美丽端庄的形象相得益彰。

正是带着对怀远石榴的仰慕，我们急切地来到一处城郊的石榴园。亲睹一枚枚鲜红的石榴，在沉甸甸的枝头跳跃，好像是在热情地欢迎我们的到来。我们的一行百余人兴致勃勃地在农庄里穿梭行走，一棵棵石榴树仿佛一行行喜悦的诗行，让游客们垂涎三尺，让观赏者流连忘返，更让内心澎湃的读者望眼欲穿。而一位文友手中快意地拨弄着刚刚采摘下来的石榴，那成熟的色泽、硕大的体态，实在叫人按捺不住内心的渴求与冲动。

"千房同膜，千子如一"，这是石榴的福分，更是生养它的怀远人民的福分。它不仅满足了人们的果腹之欲，更给人以审美的享受。而且金秋时节，合家团聚之夜，在赏月与品味石榴的闲适之中，一份淳厚的甘甜如无边的风月萦绕在我们心田，其滋味之美好自不待言。于是，我们与"多子丽人"情定怀远，借一缕悠长的古风，奔赴一场饕餮盛宴。

作为"天下奇树，九州名果"的石榴，或许只有在这大禹故里、石榴之乡——怀远之境，才能更为真切地体悟到一种尊贵与典雅的味道。

无锡印象

无锡。无锡。千年的尘埃被无锡的泪掩埋——仿佛一种重金属，画成干戈泪。

梦中无锡，摇荡在太湖之镜，熟了鱼米，香了渔民。

蠡湖之水，照见春秋的文明。

摸一摸宜兴的紫砂壶，如触摸一个顶礼膜拜的朝代。

鼋头渚。陌生的鼋。熟悉的渚。太湖没有给你什么，你却把一切给了太湖。轮船每天目送你，归去来兮。

灵山大佛八十八米高，九龙灌顶庄严天地。

无锡。无字真好。

灵山。灵字真好。

约会苏轼

苏轼，远在北宋，以词为水，将宋词的滔滔江河引向远方，流至今天俗子的眼前。

宋朝，九州充满艺术的气息，大地都透着几分灵气。那时的京城汴京，溪流也比门前的江水来得汹涌和豪放。

你与张怀民的约会，发生在那遥远而迫近的一夜——元丰六年，那如水的月光，温润着你饱经沧桑的高额，而皎洁的夜色，同样滋养你纯虑洁净的心境，清风明月永恒地钻进了居士的脑袋，隐隐地成为一道胜境，一种或许是高调的养尊处优，但至少无人批驳，约会时怀民兄与你心有灵犀，那是世俗之外的高蹈足音。

承天寺的庭院或许只为居士长久地开启，没有诗情画意的夜晚，深深庙宇内满是你禅意的气息，夹带着士大夫的达观和些许小脾气，写下夜游的诗篇。黄州之寒苦，毋庸说是地理上的偏狭贫瘠，更应是一场心灵的约会。

设若没有贬谪，黄州这块贫瘠之地岂能候来一代文豪，留住一代文豪呢？况且是一住五年，实为黄州常住人口。多少千古篇什留在黄州，成就了黄州大名，亦使苏轼之名远播。

文章。绘画。书法。哪一样不堪称极品？《黄州寒食帖》云："自我来黄州，已过三寒食。年年欲惜春，春去不容惜。今年又苦雨，两月秋萧瑟。卧闻海棠花，泥污燕支雪。"浓墨纸间，滴滴渗入，片片流芳。

我们在千年之后约会，东坡词话也无风雨。

声如苦吟

金属在歌唱

自来水管在嘶哑地叫嚷着，它有不痛快吗，还是谁伤透了它的心？听呜咽的声音，我已经感觉不到半点，它作为坚硬的本质。

夜已深了，耳畔仍有金属的浅吟回环，想象水管的嘴不止地流口水，这也是我曾见过的。它是在垂涎某处风景吗？我不好断言，它是冬夜的私生子，回到黑夜，如同回到娘家，它有恃无恐。

信马由缰

出发的列车，像脱笼的鸟，将一头扎进云层，不顾失去和地面的最后联系。逍遥有点孤独。但凌云的脚步，从出轨的那一刻起，已无法收回。

翕张高腾的双翼，正如我眼前的列车，何时才抵达终点？

浪漫的舞者

那天，我站在阳台上，雪的风景在我的眼前跳跃。久违的触动，是天冷了的缘故吗？思绪扬厉铺张，像北风冥顽不灵，不时朝我撒下几粒雪国的冷。

纸片上荡漾的哀情，密布庄子的形象，文学史众多的开草创之先，伟岸！我开始酝酿雪一样质地的诗句、花一样美妙的顿悟。舞动的似乎远不是它们，我失语的表露，天真如雪，纷纷扬扬，入梦人间。

希望每一场雪，都落在我思念的小屋里，等待浪漫的舞者。

干　燥

昨天下午，整个身体被深埋，在塔克拉玛干狂跳的心脏里。流动的干燥要剥夺我维持生命的水吗？也许流沙的历史在绿洲，只是例外，存在也近乎微茫。

在我熟睡的时候，莫名其妙地被带进神殿，隐约听见如钟洪音，但绝非出自上帝那神圣的喉咙。他说我的出现就似绿洲。我欣喜若狂，狂野的本性指使我，即将吞噬整片绿洲，因为绿的根底是水，水的根底是生命。

于是我狂饮，不顾一切地抽出水的经脉，好像只有这种方式，我才能解渴。而事实上，水喝多了也会醉，并且醉得不成样子。

心的温度

一场雨加上一场风，人的情感好像数字运算，简单却烦人。借用脚指头盘算，结局相反，司芬克斯在淫笑，而哥德巴赫痛楚。一场雨控制了整座城市，一场风封锁了所有的路口。

在城市的边缘，在河流的 M 段上，涉水去探望梦里的亲人，带着冬天的模样，外套肥硕，从头到脚在冷空气的边缘。官能在感觉遗忘的味道，季节的抽屉里，春雨价比黄金，秋雨呢？在风的国度，风流与风度才配得上春风，马蹄卷起得意的行囊，叫嚣已等不及轮回的风雨。

游　走

行走的足迹，离开方圆几公里的校园。沿途的风景，无意赶走几只麻雀，驻足欣赏，麻雀算得上精明。

我们无意逗留，在那座山头。下面躺着的小潭，乌龟头，鲤鱼的身体，还有很像的鱼尾。惟妙惟肖地摆动，简直不能轻信的风景，错觉。但它却是不可抗拒的真实。

星期四，很快游走，留下的，我们慢慢品味。

落　叶

秋风徜徉的小道上，一片落叶伴随着大雁南飞，坠入迷途的草坪。蝴蝶的双翼，簇拥着落叶，秋色染黄了生命。蝴蝶的耳朵，在寒潮袭来之前，竖起。准备好了一切，包括越冬的衣物。

在风铃的怀里，落叶翕动着羽翼，悄然无声地滑入严密的秋晨。

一滴水的轻灵

水是隐秘的语言，她奔跑，脚步不敢稍作停留。

记住一个熟悉的地方，它仅代表光阴在走。

哪怕风景再美，桃花也会盛开，在三月的树枝下，众生的花期如一滴水的轻灵，来去自在。

蝴蝶扇动春天，一棵大树或一根小草的意念都在滋长，像长空里的尤物，不可迷失飞翔、腾跃的梦想。

远方才是家，奔跑才是路，山谷一夜的深思，终归空寂。

滴水虽小，却坚如磐石，悄无声息地撼动春天的脚步。

她娇美，灵性十足，如盛唐的诗书，如仙游的迷雾。

一个眼神，迎接一场蹁跹起舞。

辑 六

人物·志

状元脸谱

吴潜。南宋。休宁。玉堂巷。画锦坊。

他，状元县的第一个状元，后面拖着 18 个状元。

科举。隋。唐。宋。元。明。清。

在"状元及第"的 649 位有名有姓的"蟾宫折桂"者中，他居文科状元第 300 位。

他如一颗璀璨的明星，降生在这片土地上。

1196，诞生。

1217，中状元。

1260，被贬循州。

1262，陨落。

每一个时空的坐标，生动地对应着他或徐或急，或轻或重，或高或低，或平或陡的人生步履。

从新安江畔潜入一个王朝的内核，21 岁的青年即成为宋嘉定十年的状元。

他蟾宫折桂，光耀门楣；

他仕途顺畅，享尽荣华富贵；

他身居高位，官至左丞相、枢密使；

他直谏丢官，遭同僚诬陷，贬谪千里之外。

"秋渐紧，添离索；天正远，伤漂泊！"他心怀家国，力主抗御外敌，其诗文溢满沉郁、落寞之情。

他名流宋史，诗文传情，其著《履斋遗集》书写了一种特异的状元人生与旷古苍凉。

戴震传奇

戴震，生于休宁，长于休宁。这个出身平民家庭的略显木讷的孩子，出人意料地成为千年徽州最为杰出的代表性人物。他的成长轨迹，极富传奇色彩，恰如一粒蕴含徽州文化基因的丰硕的种子，不经意间在康乾盛世，在新安江畔，长成一棵参天大树。至此，徽州大地收获了千百年来最大的一笔文化遗产。

一

清雍正元年。戴震生。

农历1723年十二月二十一日。公历1724年1月19日。

休宁。隆阜。雷声隆隆，新安江畔的戴氏家族迎来一位新的成员，他诞生于隆冬腊月的雷鸣之中，乃异象，又契合"震"卦，其父取名"戴震"。

元年。元月。他的生辰蕴含深意，在辞旧迎新的日子里他的一声超越尘世的婴啼如巨响震动寰宇，他注定是一位划时代的新人物。

二

1732 年。春节。10 岁。

缄默不语的戴震开口说出九年（虚岁十岁）来第一句话——"爹、娘，我要上学读书!"

从此，戴震不鸣则已，一鸣惊人。

他记忆力超常，过目成诵，一月余则熟读《三字经》《百家姓》《千字文》三本书。

他不盲从权威，善疑好问，少年时代曾反问塾师："然则朱子何以知其然（远隔两千年的朱子何以知道《大学章句》右经一章是'孔子之言而曾子述之'，是'曾子之意而门人记之'）?"他刨根究底的学问品格，从蒙学阶段开始筑牢，他思维缜密，层层推理，语惊四座，一位旷世奇才、少年学者的形象栩栩如生而呼之欲出。

三

1739 年。春节。17 岁。

他身材魁伟，目光如炬，腹有诗书，风度翩翩。

他在父亲的建议下，告别家乡，告别义塾，前往江西南丰，独立门户，成为邵武书塾教书先生。

途径婺源江湾，未能亲往拜谒心中仰慕的大儒江永，有所遗憾。

在南丰三年，他以"半师"自居，教书育人，研究学问，心无旁骛。

四

1742 年。20 岁。

随父返回隆阜。在家乡，巧遇恩师江永。

程恂。江永。戴震。三人行，亦师亦友，知音何求？

五

1752 年。30 岁。

弱冠不弱。而立已立。十年间，戴震游学南京，从族叔戴瀚（雍正元年一甲第二名榜眼）讲学处获益匪浅，学者程廷祚赠书引路，廓清数百年来程朱理学之思想体系，传承"载道器"之重任。

他有志闻道。《策算》《六书论序》《考工记图》《转语》……青年戴震著述颇丰，学人风采渐渐显露。

他考取秀才，"补休宁县学生"（段玉裁《戴东原先生年谱》）。

他应汪梧凤邀约，执教"不疏园"。

歙县。西溪。程瑶田。汪梧凤。金榜。园中问学，群贤毕至，皖派经学渐成气候。

六

1762 年。40 岁。

悲欣交集。一悲，恩师江永辞世；一喜，乡试中举。

不惑。有惑。

他 33 岁"避祸入都，寄居京中会馆，衣服无有，饮食不继"，但其声重京师，纪晓岚、王鸣盛、钱大昕等名流与之交善，推崇备至；

他传道授业解惑，弟子王念孙学业精进；

他辞谢姚鼐，学问虽高，但不好为人师。

七

1772 年。50 岁。

天命之年。戴震五次会试不第。

他科场失意，内心笃定。

行走新安江，他无时无刻不在修身、齐家、治国、平天下。

他关注民生，体恤民情，治学愈加通达，其学富五车而闻名天下，其著作等身俨然一代鸿儒。

他学贯古今，精通文史、数理、天文、地理、农业、建筑、水利、文字、音韵等，在历史的坐标上勾勒出一位空前绝后的通儒。

他在京都的声名显赫，程恂、吴谦、陈兆仑、纪昀等当时学者名流爱惜其大才，与之惺惺相惜，为之奔走相助。

他于次年仲秋，以举人身份担任四库馆纂修官。可以想见，作为学界巨擘，其学问广受推崇，亦受朝廷赏识和褒奖。

八

1777 年。55 岁。戴震卒。

春去。秋来。

他在四库馆笔耕不倦的五年，消逝在历史的尘埃里，流淌在纵横天下的书海间。五年纂修官任上，他深得乾隆帝的赏识和礼遇，"奉命与乙未贡士一体殿试，赐同进士出身，授翰林院庶吉士"。

他苦苦修行，所交之友皆君子，所治之学皆致用。

他的人生诚如一部大书，卷帙浩繁而广袤无边。他以拳拳之心大书写了世间君子的美好德行。

他的治学能力和范围极广，谓之"通儒"；

他与困厄的命运抗争，贫病交加也阻挠不了一位真正学者的修行，谓之"寒儒"。

他不是在四库馆纂修《四库全书》，而是在京城的大宅院里苦心修行。他把生命献给了"全书"。

《周髀算经》。《孙子算经》。《张丘建算经》。《夏侯阳算经》。《仪礼释宫》。《仪礼集释》。《项氏家说》。《大戴礼》。《方言》。《仪礼考证》。《声类表》。《原善》。《孟子字义疏证》。《续天文略》。《大学补注》。《学礼篇》。《水地记》。《训诂篇》。……编校。修撰。著书。立说。他著作等身，饮誉学界，人称"前清学者第一人"（梁启超语）。

戴震。戴震。徽州府一书生，休宁县一狂生。他匆匆出逃，家乡豪族的欺凌，鞭策着不古的人心。

他历尽沧桑，修得旷古的好名声。

程恂。江永。纪昀。钱大昕。洪榜。王昶。……王念孙。段玉裁。孔广森。……他的困苦与逆厄为同道师友和弟子们牵挂，他卓越的建树和学者风范在乾嘉学派的代代传承中新生。

白云之上

月华美，大道行

月华如水，记忆如泉。

造访白岳月华街，曾是多少文人墨客的瑰丽梦想。人间天上，月华载动着千古情思，赋予我们无限的遐想，当我们信步白云之上的月华街，悠然间仿佛"在天街闲游"，那种置身缥缈御风而歌的感觉实在空灵、清逸和曼妙。

《山行》诗云："远上寒山石径斜，白云生处有人家。"这白云深处的人家不正是眼前的月华街吗？你若站在登封桥上，仰观四周的高山，便会发现一道黑白相间的亮光，均匀地散落于半圆形的山腰上，形似一弯初月，在云雾中若隐若现，机敏的羽士便巧借"月华"作为这一方水土的芳名，却也是实至名归，准确地传递出它吐纳天地灵气、汲取日月精华的内核。

而今的月华街，七分古老，三分年轻。或许再难回归明朝，但月华的香火越烧越旺。正所谓，道教兴则齐云兴，齐云兴则月华兴。历经世事沧桑和万千岁月的洗礼，这片历史的天空愈加丰盈而深邃。

烟雨江南，情意绵绵。我又一次端坐于白岳山前，远眺当年唐寅、徐霞客等名流登山的路线，轻轻翻阅案上一札札泛黄的书页，重现他们当年登山情满的盛宴。

登封桥。横江畔。晚风拂面，初春的细雨如江南的美酒，唤醒灵秀的山水，放逐白云之上飘逸的梦想。

风流事，师生情

想念唐伯虎，不仅因为他的诗词、书画以及性情风流，还因为他的一次旅行，一个故事，一座碑铭，都足以令我们这些与他相隔五百多年的后学高山仰止。

唐伯虎（唐寅），有明一朝出类拔萃的书画家和文学家，其一生坎坷，命途多舛。他曾于弘治十一年高中解元，即南京应天府乡试第一名，却在次年遭受会试泄题案件牵连，身陷囹圄，而这次会试主考官正是休宁人程敏政，只因二人有过交往，竟被同僚中奸邪之辈诬陷为鬻题作弊，双双入狱。此案后经严密审查，虽已平反，但终难抹去昔日沉重的心灵创伤，程师的突然离世更是加重了他内心的痛楚，仕途的险恶使他无心官场。从此，他悠游天下，过着"闲来写幅丹青卖，不使人间作孽钱"的不羁生活。他常常感念恩师程敏政，并萌生了去恩师故里休宁走一走的念头，尤其想到先师常提及的"齐云"胜景，心中便产生诸多无端的思绪和久远的怀想。

弘治十三年，这位自诩为"江南第一才子"的唐伯虎只身来到徽州，虔诚拜谒"江南第一名山"齐云山，不仅了却了他的一桩心愿，也成就了一段名山与名人的佳话，其中"仗义撰碑铭"的故事广为流传。相传那天，唐寅骑驴至岩前，为眼前奇峰怪石和云烟缭绕的壮景所折服。他拾级而上，一天门，一线天，真仙洞府，香炉峰，鼓乐声声，仙气弥漫，浑然陶醉于天地人和之美，一时诗兴大作，笔墨纵横，诗曰："齐云山与碧云齐，四顾青山座座低。隔继往来南北雁，只容日月过东西。"（《题齐云山石室壁》）而月华街更是美不胜收，让他忘却了尘世所有的烦忧："摇落郊园九月余，秋山今日喜登初。霜林着色皆成画，雁字排空半草书。面蘖才交情谊厚，孔方兄与往来疏。塞翁得失浑无累，胸次悠然觉静虚。"（《齐云岩纵目》）他沿途寻访圣境，不觉踏进新落成的玉虚宫，遇一道人面色愁苦，问后方知此人正是汪泰元道长，正为业已竣工的玉虚宫竖碑铭一事犯愁。汪道长深知此事要紧，影响深远，既可借以昭示神灵威严，又可为每一笔善款的主人流芳。本想当地贾秀才，一手好字，又颇有文采，诚为首选，事先也已谈妥，可这人临时变卦，说是要润笔费，但数额过高。道长曾派人去与之交涉，结果对方毫不留情，直接回绝了。而伯虎听完道长的话，甚是气愤，并"毛遂自荐"甘愿无偿为之撰文，汪道长得知眼前这位青年才俊是解元郎唐寅后自是喜不自禁。文势浩浩，笔力纵横，洋洋洒洒千余字的《紫霄宫玄帝碑铭》便于当夜诞生在长生楼上，唐伯虎笔下。后经新安名家书刻，历时两年完成。

"乾坤定位，二仪开五劫之端；人鬼分形，五岳镇九州之地。东溟银榜，标题长子之宫；西海玉门，实聚百神之野……名山大川，爰建灵宫，金银照耀，珠壁辉崇。再拜稽首，小子作颂，上述威灵，下赞神用。磨砻磝础，刊镂麟凤，百万斯年，于昭示众。"至今，后人们见到这座长 7.6 米、宽 1.4 米的碑铭，感受着风流才子的文气与才情，定然有心动的感觉吧。

游圣语，惊天地

徐霞客是中国的"游圣"，一生足迹遍布九州。这位著名的地理学家、旅行家徐霞客就曾于万历年间两次造访齐云山，即公元1616年和1618年。据可供考证的资料来看，其一生中登临两次的山不过四座，这也充分反映出徐霞客对齐云山情有独钟。

徐霞客在《游白岳山日记》中写道："丙辰岁，余同浔阳叔翁，于正月二十六日，至徽之休宁。出西门，其溪自祁门县来，经白岳，循县而南，至梅口，会郡溪入浙。循溪而上，二十里，至南渡。过桥，依山麓十里，至岩下，已暮。登山五里，借庙中灯，冒雪蹑冰，二里，过天门；里许，入榔梅庵。路经天门，珠帘之胜，俱不暇辨，但闻树间冰响铮铮。入庵后，大霰作，浔阳与奴子俱后。余独卧山房，夜听水声屋溜，竟不能寐。"是年正月恰逢大雪，他在山上一连住了六天，大雪下了六天，白岳已然全白，处处银装素裹，山间玉树、崖壁冰柱显现灵幻之美，他耐不住寂寞，步履坚冰攀雪山赏雪景去了。至太素宫，赞叹玄帝像、王灵官赵元帅殿之雄丽，登文昌阁，观香炉峰、紫霄崖、五老峰，惊奇于月华山色之美，犹在雪地，月华的朦胧之美愈加彰显，而身为道教名山的齐云也似乎在向眼前这位知音传达出天地乾坤黑白相化的道境。

徐氏沉醉不知归路。这数日间赏雪景撰诗文，与羽士论道，兴味盎然，直到二月初一"东方一缕云开，已而大朗"，才首次见到齐云月华的"真容"。他立于雪后初霁的月华之上，俯瞰众山之小，景美不胜收，心怡更难求，而绽放徐氏心花的《游白岳山日记》也在旅途中诞生了。天下人皆知他曾发出"五岳归来不看山，黄山归来不看岳"的惊叹，可又有多少人知道他那次黄白游的路线，真正清楚的人方能明白他为何二度重游？是他后悔了当初的论断，白岳之美绝不在黄山之下，因为山色依旧，道化愈深，它释放着神灵的光芒，传递着精神的能量。换言之，一座文化底蕴深厚的道教名山不光只有秀色，它独有的文化禀赋，更加吸引人们，尤为徐氏所钟爱。

天苍润，地郁盘

乡贤黄宾虹诗、书、画俱佳，他曾闲游月华街，留下"灵窟天苍润，奇峰地郁盘。四时霖雨足，万里水云宽"的佳句。他是中国现代美术大师，与白石老人齐名，合称"北齐南黄"，享誉美术界，其"五字笔法"和"七字墨法"堪称书画界的理论精髓，留给后学无尽的精神财富，一枚"家住黄山白岳间"的印章则更加彰显了一颗赤子情怀，仿佛力透纸背的不是翰墨，而是我们庞大的徽州记忆，它属于我们这个独特的集体，恰如余光中先生的那枚邮票，横越万水千山，传递着浓浓的乡愁，寄寓着旷达的人生智慧。

黄宾虹游月华，始终离不开"笔墨"。五老峰上有他的墨迹，"欲日不知寒，餐露点可饱，青青天外观，万古此径老"；三姑峰上亦留下他生花妙笔，"烟云窈窕姿，兰蕙芳菲意。石烂海水枯，屏顶总葱翠"。他是徽州人，出生地却不在徽州，一种内心深处的寻根与对黄山白岳的钟爱，指引他潜心水墨，画出大美的山水，而白岳正是被他赋予了现代文人的色彩，愈加厚重。显然，他的画卷深受灵山秀水的滋养，尤其是"黄白"的浸润与感召，催熟了他遒劲的笔力和幽深的画境。

昼夜有黑白，他亦有黑白。只是这里的黑白专指美术。其中，"白宾虹"之"白"与白岳之"白"是一致的，其精神内核是相通的，因为他画卷之上的干笔淡墨、疏淡清逸之风，极其契合道家的清逸之神。

白云之上的月华街，四处盈溢的道文化深深滋养着"新安画派"。黄宾虹一生漫长，从少年时代开始就迷恋上了白岳的一草一木，其水墨画卷蘸满浓情深意，其诗词歌赋载满悠悠乡愁，其书法长卷苍劲飘逸，犹如白岳山水充盈智慧的光芒，难怪乎很多研究者认为他是白岳最具典范的形象代言人。他多次登山情满月华，观海情溢白岳，无论是"家住黄山白岳间"的自镌印章，还是《白岳纪游》《白岳山中坐雨》的诗兴大作，都仿佛一轴大美画卷，令人痴迷、沉醉。

黄宾虹言："渐师画武夷、黄山、白岳、匡庐诸山，云烟卷舒，得其真目。"千百年来渐江等一大批新安画家建构的充满道境的东方画卷，如白云与霞光交织，氤氲着朦胧的月华。它在大师的心中生长，积淀为一种情怀，一种意境，一种无处不在又无处可寻的休闲养生文化。

云飞扬，著华章

郁达夫是中国现代文坛的一座高峰。这位旷世文豪，也与齐云山有着非同一般的情缘，就在他写《故都的秋》的前几个月，曾与好友结伴同游齐云山，并即兴创作了洋洋洒洒五千余字的散文《游白岳齐云之记》。

八十年前的这趟齐云白岳之旅，既成全了郁达夫对"江南第一名山"的向往，也成全了齐云山对国士的敬慕与眷顾。而昔日的休宁城也在郁达夫的笔下得以保存："休宁，秦汉时附于歙县，晋改为海阳为海宁，隋时始称休宁，其间也曾作过州治，所以城的规模颇不小。我们自北门的萝宁门进，当街市的正中心拐弯，向西门的齐宁门出，在县城内正走了西瓜的四分之一的直角路，已经花去了将近四十五分钟的时间，统计起来，穿城约总有七八里的直径无疑。"

从休宁县城到齐云山，郁达夫一路上赏心悦目，情绪亢奋。身为浙江富阳人，他与这片新安源头的土地有着天然的联系——同饮一江水，一种本能的亲近感油然而生。"一出西门，就是一座大桥，系架在自榔木岭。松萝山、齐云山流下来的溪上；滚滚清溪，东流下去，便成了浙水之源之一；在桥上俯视了一下，倒很想托它带个信去，告诉浙中的亲友，说某年某月某日某时，曾在休宁城外，与去齐云山的某某上下外又相会。过五里亭，过蓝渡，路旁小山溪流极多，地势也在逐渐逐渐的西高上去，十一点半，到了白岳齐云的脚下。"

他穿过拱日峰下的天门，痴迷于真仙洞、圆通岩、雨君洞、珍珠帘、文昌宫、玄芝洞的神秀，赞叹这方胜景"实在真好不过"，而齐云山上的摩崖石刻更是巧夺天工，令人惊服，认为"嵌在壁上的石碣，立在壁前的古碑，以及壁头高处，摩崖刻着的擘窠大字，若一一收录起来，我想总有一部伟大的《齐云金石志》好编"。正殿太素宫给他留下了极深的印象，不仅是行路艰难，更因为风光无限，香炉峰、齐云岩、玉屏峰、石鼓峰、石钟峰等错落于四周，平日里云雾缭绕，氤氲着一股厚厚的仙气。

途经步云亭，郁达夫感动于"齐云仙境"的遒劲碑刻，过古松、望仙亭以及松涛、虫鸣都回荡于脑际，他言白岳孕育了伟大的石山，而幽古的碑文、巍峨的道观和庙宇更添了齐云山的厚重底蕴。齐云山在达夫的眼中，无疑是一座可供仰止的高山，是一座超越尘世的道场，数千年来保持着清净、淡泊和冷寂，传承着正一派张真人的衣钵，积淀着中国文化的魅力，并且绽放出灿烂的文化光芒。

伯虎远游。霞客壮游。宾虹仙游。达夫云游。游遍天下可餐之秀色。而齐云月华，犹如美的饕餮盛宴，流溢出浓郁的仙风道骨。他们优游的足迹深深地烙印在月华街上，而我们至今还在怀想——昔日的荣光与盛宴。

月华如水。往事如昨。一群又一群的学人或游客穿行其间，流连忘返于月华道场紫色的霞光之中。

跨越友情

"万里光明云海上，半天闲散碧空中。机声一路催花鼓，为庆人间八十翁。"赵朴初的生辰是 11 月 5 日，他的这首诗写于十三年前的这一天，时年正好八十。当天，他离京飞往广州，在旅途中偶获灵感，兴之所至，挥笔成诗。四年后，他特意将此诗抄写成条幅赠予故人，作为孙起孟八十寿辰的礼物。这仅是一个微小的细节，我们感受到了一种至交之间深厚的友情。

他们是同窗。孙起孟的父亲管教子女颇严。因此，和他关系要好的赵朴初也很少去他家。只是到了周末，孙起孟会跑到学校，约赵朴初等人打篮球。他们之间的关系如同兄弟，在校时形影不离。高中三年，他们是同班同学，他们更是玩伴，彼此间时有趣事发生，比如，眉清目秀的赵朴初，却因眉毛淡胡子少招来同伴的非议，而孙起孟被冠以"孙悟空"……

他们是战友。"东吴，东吴，人中鸾凤，世界同推重"，二人少年游学吴地，皆是忧国忧民的热血男儿。他们一起参与领导了苏州学生为支持"五卅运动"的活动，带领东吴大学的学生节衣缩食，筹集募捐款额达一千多元，当即给上海总商会汇款三百元，声援上海的工商业者大罢工，以及学生罢课等示威游行运动。他们的主张激发了广大学子爱国主义的热情，高涨了人们的斗志。从那时起，在纷繁复杂的社会活动中，他们都始终站在统一的战线。

　　他们是同乡。同为安徽人，赵朴初生于安庆府世太史第，孙起孟生于徽州府休宁县。他们相识于苏州，且同窗数载，可谓"他乡遇故人"。赵朴初因受母亲和关大姨的影响以及自身身体状况的制约，在日常饮食中比较偏向素食。孙起孟也受到了他的影响，且与之约定从第二学期开始一起吃素。然而这一时期，赵朴初并未皈依"三宝"，甚至不信佛教，他之所以吃素，主要是因为肠胃不适，经常一食荤油，便腹部难受。不过为了身体的康复强健，他也常食用牛奶和鸡蛋。赵、孙之盟，仅能维持一小段时间。孙起孟说："我实在没法子坚持吃素了!"每当回到家中，孙起孟面对一盘盘色香味俱佳的荤菜总是欲罢不能，有时饥肠辘辘，就更加难以抵御荤菜的诱惑。而赵朴初打趣地对他说："我也不能强迫'老孙'你呀。"

　　他们分别在佛教领域和教育战线为国为民做出了卓越的贡献。2000 年 5 月，时值母校苏州大学（原东吴大学）百年校庆，他们及其他的六位校友倪征、费孝通、雷洁琼、杨铁、谈家桢、查良镛同被母校聘为名誉教授。然而，此时的赵朴初身体虚弱，他几乎离不开北京医院。故而，终未受聘。不日，赵朴初安详地走向天国。孙起孟得知噩耗，悲恸不已，泣不成声。他不顾年迈的身体，含泪写下了深情的悼文《怀念朴初》："朴初是我的学长，也是我的良师。我们从中学同班学习起，时逾半个世纪的交往中，我从他那里获得珍贵的教益，领略深厚的情谊。"

世代罗盘

吴鲁衡。胡茹易。汪仰溪。

万安风水好，罗盘世代传。

在千年古镇的地标上，屹立着一方罗盘。如镇宅之宝，它把厚厚的历史封存于细小。

太极。八卦。指针的方向，寓意深远。

风水。年轮。汪祖盼先生心灵手巧，以休宁的山水风物为题，雕刻起身后变化无端的风水。

祖盼。祖盼。名字里，骨子里，烙印一方风水。

他是"汪仰溪"的传人，亦是吴鲁衡的后人。

罗盘在一代代匠人的接力中传承。以制作罗盘为生，倒不如以罗盘为挚友，将志趣和精气神融于方寸之间。

"新安海阳蕴易斋汪仰溪元善氏监制"。斗转星移，休宁罗盘流转到英国剑桥，它对望苍穹数百年，至今藏身惠普尔博物馆，无不彰显了中国文化的精深与堪舆罗盘工艺的精湛。

小小的罗盘，大大的乾坤。

欣赏。品咂。玩味。一方罗盘，圈圈点点，似乎在数不清、看不清的细小的坐标上，借着一道道阳光或一缕缕月光，追溯每一个生命的源头，借此我们找到往返的路。

万世万安。世代罗盘。对我而言，它如私密的符号，定然暗藏玄机，蕴涵一方水土世代相传的巨大能量。

胡开文墨

休宁西街，如一部大书，轻轻地翻开它，老街、老字号、老作坊……一页页厚重的历史似乎触手可及，一幅幅生动的画卷徐徐展开，让我们阅读到众多的徽州往事。

天开。文运。从休宁制墨名家汪启茂的墨店里走出了"胡开文"。从十三岁到二十三岁，青年才俊胡天注传承徽墨制作的精神，在岳父汪启茂的悉心培养下终成一代名家"胡开文"。

易水法。用心法。胡开文墨品如人品，精心研制的每一方墨，都有一个质朴而高洁的神灵护佑。

西街。胡开文。越走越远的墨，越走越近的徽州，恰如休宁古墨巷黑色的土地，饱蘸匠心独运的色泽以及文人墨客的雅逸。

千年墨色，万年墨书。在徽州的土地上，它曾经深深浅浅地开出了一朵墨花，遗世独立而文运悠长。

胡开文，休宁的女婿，休宁的墨香。

汪启茂。苍佩室。御墨之品，得以相传。

1765 年。不甘而奋进的青年取名"胡开文"，将"汪启茂墨室"升级易名"胡开文墨庄"。

业墨。墨业。两百多年，十几代人的接力传承，共同演绎了一门墨家的传奇。

集锦墨。地球墨。一方方徽墨精品，不一而足，它们从汪启茂、胡天注的血脉里得到密码和嫡传。

1915 年巴拿马万国博览会金奖如一个时光宝盒，开启了我们熟悉而陌生的"胡开文"。百余年前，在创建品牌一百五十年之际，至高无上的荣耀闪亮地球，地球墨点亮了徽墨的故乡。

胡开文墨，从休宁走向世界的著名品牌。

朱升故里

迴溪。迴溪。

名字像一个谶语，年轮里的水花，流水中的行走。

这里，每一座桥叫迴溪，每一座山叫迴溪，每一缕阳光照见迴溪，三月的迴溪河水里照见的都是一张张笑脸。

这个迴溪，像一个舒展的娇美可人的女孩，人见人爱。她的爱情宛如流水，回荡在水口，拥抱过往的甜美与初吻的惊喜。

这个迴溪，书写的是一个女人的春色。小河的水，清澈见底，映照她的童年；大河的水，有时浑浊，有时清洌，有时混沌而生，分不清深浅，仿佛她越发成熟的青春。

我想，迴溪，她是有梦的一条河，也是有梦的一代人。一页页，写着童年，写着无拘无束的青春。

迴溪，这片乡贤朱升的故里，溪水清洌，岁月静好。

这里有高高筑起的家国天下的宏伟思想，有"众里寻他千百度，蓦然回首，那人却在灯火阑珊处"的神秘与超脱感，有"高筑墙、广积粮、缓称王"的时代之先声，有枫林先生辞官归隐后的清逸。

千年古树矗立在台子上，观天象，占卜未知，众生如梦初醒。

一种怀古的情愫在迴溪的水中荡漾，追逐一泓清溪的踪迹。

坐隐环翠

万历三十六年。金秋。

汤显祖的牡丹尚未盛开,坐隐园的丹桂已然飘香。

汪村。汪廷讷。休宁松萝山东麓的豪华别墅,遁隐着一颗脱俗超凡的明星。他生活富足,声名显赫。他坐隐环翠堂,迎来送往,不知多少名流。

环翠堂。百鹤楼。昌公湖。一草一木,皆佛心欢喜。一砖一瓦,皆灵韵动人。

书坊内外,昌朝汪大夫的儒雅、尊贵,跃然纸上。

正门。内景。后园。一轴长卷,铺陈渲染,45段1488厘米长的环翠堂园景图拉长了历史的镜头,生动地描摹了这位乡贤非凡的审美情趣。

他从商场归来。

他从官场归来。

他坐隐环翠,昌朝(字)大夫归来,无如(号)归来,坐隐(别号)先生归来,无无居士归来,全一真人归来,松萝道人归来,清痴叟归来。

归来。归来。长生记、同升记、狮吼记、三祝记、广陵月……传奇杂剧数十种。他写戏,刻书,诗词曲赋,有口皆碑;他在金陵革新版画,群贤毕至。他的归来,洒脱不羁,率性天然。

梅轩百年

从一本文集里翻开一个日子。

梅轩亭赫然映入眼帘，一个平凡的日子瞬间点亮。

1912。2012。一册小小的纪念文集，烙印着一颗教育报国的赤子之心，铭刻了一个世纪的年轮，生动地映照出百年更迭的巨大身影。

九月十日。教师节。我轻轻叩开"斯文正脉"的记忆阀门，深深缅怀一位一百多年前创办一所名校的徽州乡贤。他的光辉在文字里绽放，更在一方水土的文脉里传承。

他，在徽州教育史上，举足轻重，任重道远，他是中华百年名校休宁中学的创办人——胡晋接先生。

他，一个人，徽州书生。

他，一个人，梅轩自号。

诚。毅。字字珠玑。先生说："止于至善，是之谓诚，能常常止于至善而不迁，是之谓毅。此乃古圣相传心法，而初学入德之门也。揭为校训，用相劝勉。"

斯文。正脉。先生接续还古书院的文脉，建省立五师（后更名省立二师、省立二中），建"斯文正脉"堂。他把育人放在最前头，以救亡和启蒙的姿态高蹈一个书生的情怀，新安大好河山在新文化的感召下，孕育出不胜枚举的鲜艳的花朵。

附　录

感恩山水

——读汪远定及其《山水之遇》

陈吉祥

欣闻汪远定散文诗集《山水之遇》即将正式出版，作为忘年之交，祝贺之余，自当为之骄傲，为休宁文坛的繁荣景象而自豪。

与汪远定的相识，该是一次文学征文。清楚记得，当初读到他的文章，双眸不由一亮，文字简约洗练是不用说的，文中所氤氲着的文气让我如饮纯醪，顿时觉得一股清丽之风透入了休宁文坛。这是怎样的一位老师呢？揣测再三，大有相见恨晚。及至真人露面，方知年龄差了一大辈，典型的文学青年。以文会友，以文识友，以文聚友，休宁作协正是如此发展壮大起来的。与汪远定自然相谈甚欢，一见如故，渐渐地我们成了志同道合的忘年交。

心存感恩之心，身后乾坤势必灿然如炬。我们应该感谢新安的大好河山，感谢家乡的每一寸土地、每一株草禾、每一线阳光、每一缕清风、每一颗水滴、每一位前贤先辈，是它们孕育了徽州的璀璨文明，是他们缔造了休宁的斑斓传奇。没有上苍的恩赐与先人的馈赠，我们还能侈谈什么文学？哪会有我们的相识相交？

汪远定家居率水首村，先后求学于横江之畔百年学府休宁中学、长江之滨宜城安庆师范学院，先从教于秋浦河畔的石台，后执教于横江之畔的海阳，新安源头横江率水的秀丽与矜持，长江中下游皖江的雄阔与壮美，还有人称诗河的秋浦河的浪漫与情怀，这些文学流域的滋养，更兼休宁中学、安庆师院的熏陶，我想汪远定的文学之路就是这样一步一步铺垫起来的。

腹有诗书气自华。但汪远定却很谦卑，其文与其人似乎有种不大相称的迹象。或许是因了他的胸有成竹，所以才显得那么淡定，抑或是他有更远的念想，所以才无意于去显山露水。他寡言少语，十分敬重他的恩师、恩友，虚心向学，不耻求问，如若不读他的诗文，就很难知晓他的内心世界、他的学识与修养、他的才气与果敢。譬如休中吴向阳老师，譬如传记名家石楠老师。与学兄谷卿先后合著《赵朴初书法精神探论》《赵朴初传：行愿在世间》，就足见其文字的功底与学养的功力，毕竟他还年轻。相信不少人也有这样的感觉。

前不久，汪远定告诉我想出一本散文诗集，猛然间，我还是有点惊讶。此前也零零散散地读过他的散文诗，很有灵性的那种情怀与诗韵。想不到在他不算长的文学生涯中，还暗藏着一股散文诗的潜流，一如蓬莱洞中那叮当作响的泉水，悦耳动听，令人回味流连。

作为前辈，不才仅能扒弄些叙事、抒情之类的小散文而已，对于诗词，只有欣赏的份，鲜有诗丝词迹留存。而散文诗这种有说是舶来、有说是古已有之的文学样式，在我的潜意识中，被奉为阳春白雪，或曰高山流水。汪远定的出现，散文诗的亮相，让我着实欣慰不已。休宁文坛就需要百花齐放、百花争艳。

散文诗，顾名思义，既是散文，也是诗。它是一种现代文体，兼有诗与散文特点的一种现代抒情文学体裁，既具诗的表现性，又具散文的描写性，两者巧妙融合，恰如亭亭玉立于田田荷叶之上的尖尖角，灵秀吸睛，因而颇受青睐。只是这种兼具诗与散文特性的难度，一定程度上制约了它的扩张，因而也更加珍贵，至少在休宁文坛是这样。散文诗的创作，至少要能够驾驭散文与诗这两种文学体裁，而汪远定能够在散文诗创作上有所成就，是需要具有一定的禀赋的，也离不开一颗躁动的诗心。相识久了，会慢慢发现，其在采风中，在交谈中，在作品中，不时会透出一种难得的睿智，其中的思维与内涵似乎有种超凡脱俗的灵性。所以，他往往用他那双独到的眼光，捕捉到所要表达深刻含义的信物，创作出独具个性的作品，将一篇篇散文诗呈现于读者面前，或珍藏于自己的电脑书库中。新安、古徽州，自然是他倾心赋诗吟咏的，故乡的一山一水、一草一木、一人一景，皆在他的散文诗作中跳跃得别具风韵。对于徽州、对于黄山齐云山、对于率水横江，则再三吟唱仿佛如此，方能畅抒感恩之情。如《春色徽州》《如水徽州》《物语徽州》《黑白徽州》成一小系列，且不惜笔墨，将"粉红"扬州、"绿色"苏州、"银白"杭州、"紫色"金陵一一铺展，来衬托粉墙黛瓦马头墙黑白徽州的秉性与尊贵。

对于散文诗的内容与形式，著名文艺评论家、诗人、作家、《诗探索》杂志主编谢冕做过一个生动的比喻："散文诗只是脱去了诗的外壳，而胸膛里跳动着的却是一颗纯净的诗心。"因而它可以用更多的自由负载着比诗和散文更多的情感和意义，可以舒展自如地连续地细致地表现复杂而微妙的内心生活。读汪远定的散文诗，无论长短，无论对所表现的熟悉与否，都能感觉到那颗诗心跳动的韵律，《梦在江南之南》《江南雨》是这样，《新安江》《万安》《一朵飘逸的云》亦如此。而对于母亲、妻子、儿子，其纯净无瑕的真挚诗心，更见出人性的光辉。而对于历代圣贤，如诸子百家、唐宋百家、唐寅戴震朱升、休宁状元、吴鲁衡胡开文，在他的笔下则一个个卓然挺立。

唐代大诗人白居易说过："文章合为时而著，歌诗合为事而作。"汪远定每每登山则情满于山，观海则意溢于海。而充满哲理与浪漫中，始终潜藏着一股合乎时宜的正能量，在独具特性的"这一个"中，抒发仁者乐山、智者乐水的情怀。即便《比喻句》《声若苦吟》《一滴水的轻灵》也竖立着作者诗心的坚定与诚毅。

散文诗创作需要具象与抽象的统一，需要有思接千载、视通万里、神游八荒的功夫和悟性，汪远定能在散文诗的海洋中游弋自如，除却山水环境恩师的影响，还得益于一颗淡泊的心志。他痴迷于书香文气中，接触他作品篇名、微信名，就可窥见一斑，而《山水之遇》中弥漫着的《书香》《书信之味》《书读之愈香》则为有力明证。至于他敢于写赵朴初，还立志写戴震，没有书香的浸淫、没有宽厚的基石又谈何容易?!

再次祝愿汪远定的散文诗集早日面世，祝愿他的文学之路越走越远，越有成效。

2018 年 11 月 19 日于休宁

（陈吉祥，休宁县作家协会名誉主席、黄山市民间文艺家协会副主席、安徽省作家协会会员，原休宁县文联主席、休宁县作家协会主席）

诗情·诗意·诗心

——品赏青年作家汪远定散文诗

赵克明

青年作家汪远定最初进入我视野的，是他的文字，他的散文诗，如春月之花清新而优美，洋溢着蓬勃的诗情、诗意，跃动着纯乎天然的诗心。

诗是言志抒情的。《毛诗序》有言，"诗者，志之所在也。在心为志，发言为诗"。《文心雕龙》也有言，"人禀七情，应物斯感，感物吟志，莫非自然"，"民生而志，咏歌所含"。散文诗与诗一体，自然也具有抒情的基质。

远定是一个情感世界很丰富的人，他敏锐的触角一旦触碰到外界的事物，就会产生强烈的颤动。所以，他周遭的一切，都流淌在他情感的河流里，流淌在他清丽的文字里。

滋养他的徽州山山水水、村村落落，无不氤氲着他的诗情。

他笔下的齐云山，"琴瑟悠扬，群贤满座，清曲流觞，淡酒弥香，翠竹葱茏，曲水潺潺，书圣亲临，儒雅风范，天地交融，泉水欢唱，百鸟争鸣，月华独享"。(《齐云山：不负天地与江南》)

他笔下的春徽州，"打开一页江南的春色，倾听每一朵桃花的呼吸，阅读每一枝梅花的品格，与每一簇杜鹃放情嬉笑，

与每一片金黄的油菜窃窃私语"。(《春色徽州》)

他笔下的新安源,"天地之间涌动一泓清泉,饮者四季如春。从六股尖到新安江,她以清冽的姿态,翠绿的肌肤,弹奏一曲大地的和鸣,保持一种自然乡土的写书"。(《新安源》)

他笔下的横江,"你的姿势是风与花的过往,徜徉海阳八景,重返水的故乡,绵延十里不是一朝画廊。你翘楚东方,带领无数隐逸的水滴,灵动的波光,追逐一群不成章节的诗行"。(《横江》)

他笔下的溪口,"你身在仙境,修辞和语言不过浪花泡沫,犹如动情的比喻拍打流水,真切的拟人轻抚草木,连绵的排比衬托青山"。(《溪口》)

他笔下的儒村,"在漂泊异乡的儒者心底,一棵足够幽远的香樟,撑起的是一片天堂,那里的徽州依旧是徽州,像珍藏博物馆内的一朵圣洁的莲花敬献先祖汪华,像朱熹在儒村讲学授课的情状历历在目……"(《儒村》)

他笔下篱笆村落,"纯朴的农人在故乡精耕细作,播种一种久远而精深的农耕文明。丰乐河水在村口浅吟低唱,汩汩流淌了多少春光"。(《篱笆村落》)

浸润他的人文景观、自然风物,在他的眼中也诗情盎然。

朱升故里,"这里有高高筑起的家国天下的宏伟思想,有'众里寻他千百度,蓦然回首,那人却在灯火阑珊处'的神秘与超脱感,有'高筑墙、广积粮、缓称王'的时代之先声,有枫林先生辞官归隐后的清逸"。(《朱升故里》)

白岳月华街,"人间天上,月华载动着千古情思,赋予我们无限的遐想,当我们信步白云之上的月华街,悠然间仿佛'在天街闲游',那种置身缥缈御风而歌的感觉实在空灵、清逸和曼妙"。(《白云之上》)

西风禅寺,"神闲气定如五祖弘忍,拈花一笑,不绝如缕的禅意竞相拍打着花亭湖水。一浪一浪，灵动了凤凰山的碧色。风弥漫禅味，水无比平和。这里隐去我们一颗尘俗的心。当万众啜饮禅茶，与圣哲行走，一方清清静静，渐渐升腾"。（《西风禅寺》）

梅轩，"他把育人放在最前头，以救亡和启蒙的姿态高蹈一个书生的情怀，新安大好河山在新文化的感召下，孕育出不胜枚举的鲜艳的花朵"。（《梅轩百年》）

万安罗盘，"一方罗盘，圈圈点点，似乎在数不清、看不清的细小的坐标上，借着一道道阳光或一缕缕月光，追溯每一个生命的源头，借此我们找到往返的路"。（《世代罗盘》）

松萝茶，"在沸腾的世界里行走，在宁静的杯盏中清修，松萝茶以无我的姿态，把纯粹的味道留在故乡，背在肩上，亲笔画上一朵朵乡愁"。（《松萝茶》）

六月，"心灵舞动的梅子，跳跃于舌尖。这样无痕，却凝结了一串串葡萄般的记忆。书页里渐渐冷藏，水的晶莹"。（《六月感怀》）

秋声，"你，化作一缕清风，解开了群山的衣袖，撩动远方渐渐稀疏的叶子，敞开一道道富丽堂皇的秋色。你，修剪金秋的细眉，用桂花天然的香气妆点身体的妩媚，从万花丛中采撷一瓣心香。"（《秋声赋》）

温暖他的古今名人、亲人友人，同样是他宣泄诗情的对象。

在《新安有一条河叫横江》中展示名人群像："历史从这里走来，我们仍可清晰地分辨出活字印刷的轻盈，漆园誓师的豪言，珠算的脆响，铁路的轰鸣以及新安画派的精深笔墨。这里诞生了大批的学者、诗人、文学家、画家，像朱熹、戴震、程大位、毕昇、胡适、陶行知、苏雪林、黄宾虹这些大家耳熟能详的名字背后，都有着一条属于自己的水系。"

在《母亲》中表达对母亲的深情："我闻着泥土气，从地里掏出了一竹篮的记忆。一根根红薯、土豆、萝卜睡在母亲的梦里，写下生长的日记。母亲，你住惯了村子，村子就是我的母亲。春天，我的母亲带我的孩子，孩子也是母亲的春天。"

在《三月》中写与妻子的恋情："三月，我和妻子的平天湖之恋，在多情的湖水里摇荡，溢满的情丝漂浮于碧水蓝天，洁净透明而温存馨香。三月，让年轻的心披上，素洁的婚纱，骑上单车朝春天出发。"

在《周岁》中描述孩子的憨态："我们的宝贝，在你亲昵的摇篮里哼唱小曲，不成曲调却有情韵。我见你手里抓紧的小馒头，像一个饱满的汉字，被欣赏，被品咂，融于舌尖。"

读着这些用情感浸泡的文字，我们会不由自主地受到感染，时而如纯净的清流从心头软软滑过，时而如雪样的浪花在心扉轻轻拍打，时而如涌泉在胸腔内突突喷发。这种共鸣，正源自作品所蕴含的诗情。

远定胸中有万壑情，且长于用艺术的方式来表达自己的审美感受，故而，他散文诗作的诗意，如喷薄而出的清泉，又如历久弥香的琼浆，总让人沉浸在美感的意境中，愈回味愈加绵长。打开他的散文诗集，满眼都是闪闪发光的珠玑。——

"你整装待发，步履、节拍穿越了二月的春风，八月的秋雨。你开始裸露身体，整座山峰以柔美的曲线，不可雕琢。这深闺静养的'溪口'，如愿以偿，如鱼得水，徜徉在笔端神游。"（《溪口》）比拟艺术，化静为动，赋予客观景物以人性之美。

"红豆长在高山上，那里的冷是干净的冷，那里的热是孤傲的热，比如，一位七旬长者常念红豆之恋，以模糊的时光之笔，写下一页页故乡深情。泛黄的纸片，瞬间，惊艳我们的眼睛。"(《白际》)语词巧用,比喻新奇,在虚实相衬中凸显自然之美。

"新安的水遥远,天外无尽的伸展。落地时,发出一声'万安'这绵长的呼唤。她星夜往返,母亲守在窗檐,遥望万安,不禁发出一声长叹:无梦到万安!新安从白云深处轻轻地落在万寿山,凹凸的世界,从此回旋。"(《万安》)描摹传神,状态逼真,让多情山水顾盼生辉。

"横江!我也是你的孩子。都说父爱如山,而我却言父爱如水。时光见证,你用生命喂养我,呵护我!我娇小的身躯因此从未感到寒冷。秋天,你灵动飘逸的气息,时刻浸润我的心田。落木。萧瑟。你依旧清澈,细水长流。昔日,调皮捣蛋的孩子,躲藏在你明澈的眼眸里,趁着夜色,荡起一阵阵涟漪,演绎一段段传奇。你的嗓门很低,不动声色。儿女们却个个英姿勃发,聪颖过人。"(《新安有一条河叫横江》)一声呼告,一段对语,演绎出饶有情味的故事。

"新安江,开始点起灯火。背倚一弯新月,期盼中旬的圆满;托起一枚绿叶,等候温煦的阳光;疏浚一泓清流,积蓄开拓的能量。眼前的这条河流,已然是搬运村庄的不老的传说。它随流水渐长,村庄渐远……"(《流水渐长,村庄渐远》)寄情于景,寓意于物,轻轻几笔却满纸乡愁。

元人杨载在《诗法家数》中有"诗有内外意"之说,"内意"指其思想内容,"外意"指其描绘的形象,"内外意"相合相生,才能产生耐人寻味的诗意。远定的散文诗,正是"内外意"兼具的佳构。读着这样物境、情境、意境融合的文字,你一定会生出一对想象的翅膀,"思接千载,心骛八极",臻于美妙的艺术境界。

远定作品浓郁的诗情、诗意缘何而来?依我看,那就是——"诗心"。

所谓"诗心"，就是作诗之心，诗人之心。"诗心"是清纯的心，不被浊世所污染的心，不为凡俗所钝化的心。这颗心，善于感受人间的晴雨，善于辨识世事的良莠。这颗心，永远与最广大的善良人民的心一齐跳动。这样的心，就像明亮的火炬。有了它，能照亮生活的最深处；生活中所蕴藏的珍宝，也会最大限度地向诗人展露，并化为诗人自己的熠熠闪光的思想与瑰丽神异的语言。"诗心"又是善感的心，一般人面对已司空见惯的社会世相、自然风景，会觉得不过尔尔，而有"诗心"的诗人却觉得它们另有一番特别的意义。

诗心是构成"诗情""诗意"的先决条件。法国诗人彼埃尔·勒韦尔迪说过："不是一切幻想家都是诗人，但是诗人中常有幻想家。不是诗人的人的幻想是不结果实的。"诗人的人格具有多高层次的真、善、美，他的作品才能让人感受到多高程度上敢于崇尚真理、客观真实反映现实之真心，弘扬当今社会存在的有利于民众生活的仁善风标之善心，以及唱咏当今社会的人、物、事、景且被民众所认可之美心。换言之，"诗心"，也就是"真心、善心、美心"。

诗人远定就是有"诗心"的人。我与他虽未谋面，但通过近些年的交流，深切感受到他的纯粹，他的真实，他的善良，他的尚美，他对梦想追求的执着。远定生于 1984 年，2007 年毕业于安庆师范学院中文系，无论是从教还是从政，成为安徽省作协会员、休宁县作家协会副主席，他都与文字亲密相携，行走在文学的山阴道上，先后在《人民文学》《星星》《散文诗》《散文诗世界》等文学刊物发表作品，与人合著出版《赵朴初书法精神探论》《赵朴初传：行愿在世间》等著作，还从事《齐云山》等文学刊物的编辑工作。

他常常怀念站了五年的教坛，曾深情地写下诗作《教师赋》：

你捧一颗心来
简单，朴实
庄严地镌刻古国文明
树立汉字的高贵
那神秘的表情——
狂草四溅，楷书平稳
碑和帖，像山和水
涵养华夏的仁与智
灵动而立体

等春天醒来
你一阵电闪雷鸣
萌生出智慧的火花
惊醒空旷
于是，你放眼远山
桃李竞相追逐
而你回身，依然是一面黑板
一支粉笔，一本书
以及一辈子的悲欢

当你直面大地或苍穹
身后，唯有静穆与崇高

　　他把读书作为精神生命的补给，曾在《书读之愈香》中
写道："或许，读书即是一种清修，读之修心、修福。浮躁的
人在书中可以找到方向，安静的人则在书中找到激情。并且，
书愈读愈香。"他视家乡徽州为修身养性之地，那里不仅风景
秀丽，钟灵毓秀，而且人文荟萃，底蕴深厚，神韵悠长。他秉
性率真，待人真诚，与人和善，愿结交天下文友，曾多次盛情
邀约休宁齐云之游。

得天地之灵韵，汲典籍之精神，养浩然之正气，成自我之诗心。诗人之真情，烛微之眼光，创新之艺术，童稚的诗心，这就是青年作家汪远定创造文学艺术佳品的潜质所在。

我期盼着拜读远定的散文诗集《山水之遇》，更深一层地感受他的诗情、诗意与诗心！

（赵克明，安徽省语文特级教师，安徽省"江淮好学科名师"，全国优秀语文教师，安徽省中语会常务理事，安徽省作家协会会员。曾获得安徽省基础教育改革教育教学成果二等奖，享受安徽省人民政府特殊津贴。公开发表教研论文与文学作品900余篇，逾300万字，著有《赵克明教写作》《拾穗》等，作品多次获全国文学奖、被编为高考文学类文本阅读题）

景观、性灵与文学的地方

——汪远定的"写作"与一个文学问题

谢尚发

与汪远定相识已逾十五载，而与他分别，则十一年有余。记忆中的汪远定，是典型的南方性格，温婉敏锐、博学睿智，言少却出语不凡，人显得沉默，却有一股娟秀之气氤氲于其身，正是江南才子所独有的风神与性情。很容易就能想象出，一袭长袍，带着方巾，游走于江南山水间的书生形象：手握诗书，出口成章；览胜山水之妙，体悟天地之道；笔墨点化钟灵神秀，纸卷囊括自然万物；临清流而赋诗，蹬高山则吟文。而薄薄一册《山水之遇》便是这个江南书生游走故乡各处，随时写下的"感触"，却独得性灵之妙。

时下，这种"地方文学"颇为兴盛。安于日常生活的衣食住行，在经济并不愁苦的年月，舞文弄墨的人显然愈发地多起来，再加上文化普及程度的提高，个人修养的深厚，文学于地方反倒更为热闹起来，行内人或行外人，无不侧目于这些文学的力量，因为他们虽然显得是涓涓细流，却韧劲十足、绵密悠远。很难想象，文学史的长河中如果缺少了"地方文学"，将会变成什么样子。但可惜的是，长久以来，"地方文学"总被置于阙如的状态，它们整体上处于一种缺席的局面，不被重视，更不被文学史书写。这不但是一个遗憾，而且往往会忽略掉文学的诸多问题和面相。这不单单考虑到文学的多样性，更重要的是，这种"地方文学"还根本地牵涉着文学的诸多

"问题"。一个必须思考的根本性问题便是，文学与地方的关系，文学地理学的意义，或"作为地方的文学"所拥有的本体论意义上的文学价值。追索这一文学问题所呈现出来的，便不再是"地方文学"的"人微言轻"，反而能呈现出文学的另一种面貌来。从"地方的文学"到"文学的地方"这一提问方式的转变，不是要强调"地方文学"的独特意义，而是要观看、索解文学的一种本性。

一、景观、地方人与地方性知识

"作为地方的文学"其最典型也最显眼的要素，便是"地方景观"。一般认为，"（景观）意象是一种感觉中的环境印象，是人们对它多经历过的环境所建立的心理图像。环境印象的建立，是观察者与环境之间双向过程的产物。环境提示特征和信息，观察者则在感觉过滤的基础上对环境建立印象"。因此，更多地，"地方景观"往往被内化，或者说被"人文化"，"更多的是指因人的活动而创造的叠加于自然景观之上的人文景观，或称文化景观。其中，聚落布局与形态是文化景观的重要内容"①。奠定于这样的基础之上，学者们提出，"景观是一种文本（text）。……景观中有丰富的知识，景观这个文本可以超越语言。讲不同语言的人，通过景观，可以感受对方的文化特点、文化差别，我们大家都有这样的体会"②。作为"阅

---

① 王鹏飞：《文化地理学》，首都师范大学出版社，2012年版，第178页。更为深入或广阔的论述，可以参阅居伊·德波的《景观社会》、迈克·克朗的《文化地理学》等著作。

② 唐晓峰：《文化地理学释义——大学讲课录》，学苑出版社，2012年版，第206页。在该书中，唐晓峰继续论述道："文化景观需要被阅读，也就是说，需要阅读的主体出场。所谓阅读的主体，就是具有特定文化的人。这牵涉到阅读者主观的一面。文化景观是一种文化展示，总要被人看，被人感知、理解、接受。"

读的文本"，景观某种程度上开始被"内化"为叙述者、抒情者的自我意识，从而提供了交流的可能。正因为如此，景观是除了声音之外，可以跨界进行交流的重要媒介之一，这也恰是绘画和音乐可以制造更多"逃逸线"（Lines of flight）①的重要原因。地方，恰恰是最能够生产"景观"的文本。从地方生产的景观，因地理自然的差异而带有着无限丰富性和杂多性。"文学的地方"不再诉诸直观的景色，而是径直将之作为本质性的所在，以审美性的文学书写，来达成对"文本阅读"的许诺。与其说所书写的"文学文本"是阅读的对象，不如说"作为书写对象的景观"才是真正要阅读的"地方文本"。这是"文学作为地方"的第一要义。

在汪远定的笔下，几乎全部以"地方景观"作为表述的对象，占据着文学书写的核心地位。山水、村落、小镇、居处、室家……这些日常的"景观"作为叙述的对象，呈现出别致的"江南情调"。在《龙田：山水之遇》一文中，汪远定运笔书写："龙田。皖浙边陲。向南。向东。/穿越黑洞，马金岭隧道睁着乌黑的眼眸，注视着往来过客。/山高。水长。路远。在山这边，节气如人，立夏的天空，充盈着水滴的柔软与午后阳光的刚劲。/晦暗。阴沉。一匹脱缰的黑马，驰骋在浩渺的天际，驾驭着时空的飞轮，悄无声息地到来。/一场风雨，满载大地的怀想。与之邂逅，恰是山水的巧遇。"急促跳跃的短句子，均匀分布的句号标点，概括且抽象的描述性语言……这所有的一切都将作为地方的龙田，呈现于纸上。它不再迷醉于细致而工笔的景物书写，反而用水墨画的方式，简单鞍

---

① 这一概念来自德勒兹，在对音乐进行分析时，他使用了这一概念。相关论述可参见［法］吉尔·德勒兹、费力克斯·加塔利：《千高原》，姜宇辉译，上海书店出版社，2010年版，第10页。

染着纸墨，是山水景观的泅染与浸润，而非是人为地将之纳入事无巨细的言说。恰是这种散文诗的笔调，把一个皖南边陲小地，其山水、午后阳光、四时阴晴与一种氤氲的情绪配合，变成了"地方作为文学"的质素。水中鱼跃、桃林花开、夕照阡陌……这些历来地方志最喜欢记载的"八景""十观"，变换了诗意的语言而入于汪远定的笔下。以景观作为刻摹对象，不用精细的工笔画手法，而是水墨画境界，点染江南水乡的日常与审美，便是汪远定《山水之遇》集子中最主要的情调。在这里读者能看到枧潭上漂流的人家、溪流旁的竹林与茅屋，也能够看到齐云山缭绕的晨雾如何幻化出一个仙人的梦境、雨雪落下后如何在清冷的情境里把一山的柔情展现于斯，更能够看到秋意凉凉的日常里枯坐的老人如何用阳关泛染着他们的青丝白发、岁时习俗中皖南人家的烟囱中飘散出的味道与青烟……也许这些都并不以哲理性的顿悟见长，但通过这些"图像化"与"镜头式"的笔墨所展现的，是作为皖南水乡的徽州所独有的"地方性"。通过汪远定的书写，以散文诗的形式，积淀为当地的"地方性知识"。它或许起不到地方志的晓畅明白、一看即知的阅读效果，但却在地方志书写之外，让文学温情着地方的精致。

不唯景观如此，地名、人物、风习等也常入于汪远定的笔下，将地方之为地方的"地方性"做了合乎其理又超然俊美的展现，它内在于地方的命名，也内在于地方文化传统和习俗风情，看上去只有地方的熟稔才能产生地方的书写。而汪远定无疑正是这"地方的熟稔"之灵魂的持有者，他把一地的精妙之处，并不需要如何绚烂华丽地进行描摹，仅仅列举地方的名称、点墨人物的事迹、大写意地铺展风俗，这一切便得到了恰如其分的张致。《梦在江南之南》一文，"江南之南"的称谓把徽州作为皖南一隅的事实摆出，又提携着江南文化所蕴含着的水乡情调给托举了出来；"在这片先人姬氏南迁之地生息繁衍"，一句话把遥远的历史拉到切近的眼前，将远和近揉入日常的生命，所谓繁衍生息也就在生老病死、悲欢离合、爱恨情仇、柴米油盐的大喜大悲和琐碎繁杂之外，纯化了，净默了；"一滴水、一道光、一枚汉字"，作为点亮江南的存在形式，水滴斑驳着晨曦或晚霞，但它所照亮的不是江南的景观，而是一枚枚汉字所铺排成的江南的历史与人文……无须再用多余的文字来赘述汪远定笔下徽州所呈现出的独有江南意味、风习日常，新安江、状元阁、齐云山、秋浦河、金佛山、拱北桥、迪岭、休宁、百里等，乃至于左源村、杨源村、广源村等，也都散发着独特的"地方的味道"，一俟入于笔下，就迥然而异于别处，从而使汪远定的文章自成一体。

　　"作为地方的文学"，其意并非是要抹杀写作者的文学呈现的能力，而是强调在文学修辞的背后所竖立着的地方的伟岸身影。取材尽管只是文学的最基础的一部分，但却具有决定性，这正如研究者所说，"把人放入他的习俗整体中"，"解释文化的事实时可以立足于非文化事实的背景但不必将其融入背景或将背景融入其中"。① 只需要换一下词汇，地方与文学的关系，也就能明了起来。把文学放入"地方的整体"中，在理解文学的时候，可以将非文学的地方作为背景，不是把文学置入地方，也不是把地方置入文学，而是天然地将二者作为一种参照、一种映衬的存在形式，如此，也就能知道地方之为文学的基础，其内在含义到底为何了。

二、地方性抒情

　　自然，文学并非是地方那么一个处所、一个存在，更不是

---

① 格尔茨：《文化的解释》，韩莉译，译林出版社，2014年版，第48页。

简单的景观、地名与风习的聚和，它强调一种"主体性精神"的存在，是一种"抒情性"自我的更新——即便是小说叙述，也始终存在着写作者的"自我抒情"，只不过这种"抒情"被交托给了人物、故事。但还需要明白的一个事实是，"文学的抒情"某种程度上讲乃是一个"地方性抒情"，这尤其对于诗歌、散文而言。所谓"地方性抒情"，意指的是作为故乡人、地方人的写作者，以对地方的体认为基础，来呈露内心对于故乡、地方的真挚而淳朴的爱，这种爱的表达形式多样，既可以是面对山水的抒怀，也可以是面对人民的叙述，或者是对地方的纯粹的礼赞。人是一种"地方性动物"，在他社会化的过程中，"地方塑造"起到了至关重要的作用，从父母那里获得的习焉不察的生活惯性、文化习性乃至于抬手投足间所散发出的土里土气的风格与做派，正是费孝通所言的"乡土中国"的"土"：土里土气。但恰是土里土气，却"土"得有特色，有自我。实际上，费孝通所言的"土"正是文化地理学所谓的"地理自我"的塑造与养成。在文化地理学的研究中，地方的获得意味着一种身份的获得，本身包含着一个"自我想象"与"自我塑造"的过程，其结果便是"'地理自我'（geographical self）"的生成。"每个人，每个具体的人，都是一个具体的自我，他对地理事物有独特的认同，对景观、区域、地方等，有一个具体的结合方式，形成一套以具体的个人为核心的地理体系，一个地理要素的体系。"① 把自我置入这种地理要素的体系之中，并以自我为核心，所形成的身份认同、自我认知等，便是这个"地理自我"的完整塑像。再将

---

① 唐晓峰：《文化地理学释义——大学讲课录》，学苑出版社，2012 年版，第 228-229 页。在这部讲课录中，唐晓峰在对文化地理学进行解释的过程中，较为注重地方对人的依赖。

这种"地理自我"重新投射入地方的景观、风习，以文学修辞的方式呈现出来，便是"地方性抒情"了。

需要强调的是，"地方性抒情"是写作者的专权之一，之所以称为"地方性抒情"的一个重要原因在于，作者的"一己之地方"与阅读者所接收到并且内化为其阅读情感的"地方性抒情"是并不完全匹配的。这既是"地方性抒情"的限制性，也是它独特的魅力所在，因为即便阅读者作为"异乡人"无法体会到写作者的"地方性的抒情"之浓烈与酷炫，也会为这种"迥异的地方性抒情"而击节赞叹。这也就是为什么"地方性抒情"尽管无法取得功名，却仍然大行其道的一个重要原因。文学的审美性本身，强调一种"陌生化"的达成，在俄国形式主义者们看来，这种"陌生化"效果尤其强调的是语言修辞的新颖性。然而"地方性抒情"则撇开或者径直忽略语言的修辞性的"陌生化"效果，而专一于强调地方的"陌生化"，亦即"题材的陌生化"来获得"文学性"的审美效果。这也是历来文学论述中所谓的"南方文学"与"北方文学"的差异，江南水乡与大漠瀚海的陌生化效果。

对于汪远定而言，"地方性抒情"意味着一种写作方式的守旧的更新。所谓守旧指的是，他所选用的文学写作形式——散文诗，并不是"陌生化"的结果，且其所选择的以地方作为文学的核心，也是常见的手法之一；而所谓的更新，在于他执着地对自己的故乡休宁给予关注，但在关注的时候，他不拘泥于地方的内涵与外延，既关注了新安江、齐云山等内在于休宁的地方要素之构成，也将休宁之外的整个徽州乃至于江南，纳入笔下。地理范围的模糊性与地方的确定性以及地方情感的真挚性，是汪远定所坚持的。在他的文章中，宛若一曲曲牧歌在飘荡，于山水之间，于乡人的口中，于一滴露珠的闪耀之中。《悠悠乡情话山村》可谓是对"地方性抒情"的最恰切的解释。文章的开头处，汪远定荡开笔墨，深情地倾吐着："家住皖南小县，习惯了山野的风声、雨声，以及夜幕下寂寥的虫鸣。对生长在这里的人们而言，深入这片广袤的土地，犹如阅读一部充溢着浓浓的乡土味道的经典文本，或远或近，举目皆是望不尽的秀丽山峦，那凸起的山势仿佛一大串连珠妙语，或者一个跳跃着诗情画意的语段，迅速激发出一种阅读的快感。它不仅是一个可以放歌的方向，更是一个人心灵的坐标。行走杨源村，便是一次最本色的自然之旅，幽幽深山，悠悠古意，肆意在脚下蔓延，虽车马劳顿，但全无身心的疲倦。""土地"之为一部"经典"，抒情便是阅读"经典"之时的顿悟，是夜深人静之时领悟皖南小县的超脱，也是寄托一己之情的家园。"家园"，意味着"土地"对于心灵的意义，也象征着"地方性抒情"的所缘起与所皈依。心灵的栖息地，恰好将故乡作为"诗意地栖居"之所，安放心灵之释然，抚慰人生之沧桑。《儒村》中，汪远定如是说："我想，在漂泊异乡的儒者心底，一棵足够幽远的香樟，撑起的是一片天堂，那里的徽州依旧是徽州，像珍藏博物馆内的一朵圣洁的莲花敬献先祖汪华，像朱熹在儒村讲学授课的情状历历在目，儒村本就是徽州读书人的典型村庄。或耕读乡野，或入世为官，或亦商亦儒，总之这方耕读传家的神奇土地给予的莫非'儒家'的传世力量。"这几乎是对着故乡的"吁请与呼唤"，乃是发自心灵的"呐喊与赞歌"，而这正是"地方性抒情"的精华所在——它所礼赞的不是另一种生命的情态，乃是凝聚于地方的心魂；它所择取的情感不是歌颂，而是沉湎于心中的惦念与眷恋；它不在乎文字的华丽与简朴，而在于作为寄托心灵之地，故乡意味着"持身与居心"的兼备和"静默与独享"的完成；它似乎在向外界宣传与强调地方的种种成就与功绩，而实际上它是内守于自我的情感迸发，是心灵之恬然安居于此地的休憩，也是返归自我之心的重回。它甚至不强调"他人"的理解，也不强调地方的被认同与被赞颂，它所在乎的乃是一己情感的嘱咐与交托，因此也可以说，"地方性抒情"是一种"寄寓的抒情"，既是身居其地的感恩之回馈，也是心灵、精神的归入地方的大化流行之自然呈露。也恰因此，"地方性抒情"不矫揉，不造作，一切出于天然，出于内心情愫的质朴流露。为此，我还想再一次引用汪远定的"地方性抒情"的文字，作为对这种阐释的反馈：

而今的月华街，七分古老，三分年轻。或许再难回归明朝，但月华的香火越烧越旺。正所谓，道教兴则齐云兴，齐云兴则月华兴。历经世事沧桑和万千岁月的洗礼，这片历史的天空愈加丰盈而深邃。

烟雨江南，情意绵绵。我又一次端坐于白岳山前，远眺当年唐寅、徐霞客等名流登山的路线，轻轻翻阅案上一札札泛黄的书页，重现他们当年登山情满的盛宴。

登封桥。横江畔。晚风拂面，初春的细雨如江南的美酒，唤醒灵秀的山水，放逐白云之上飘逸的梦想。(《白云之上》)

三、地方与一个文学问题

分析至此，"作为地方的文学"也该有一个它的终结了。诚然，文学并不都是地方，地方也并不都是文学，之所以文学与地方成为一个"问题"，或者地方成为一个"文学问题"，乃在于它内在地属于文学，属于文学写作，更属于本质性的"文学之为文学"的"一个问题"。如此说并非是要掉书袋，或者将汪远定的创作置于一个本质性的地位来加以讨论，而是意味着"作为地方的文学"所提请注意的"地方"，不是地理意义上的地方，也不是风俗习惯乃至于历史文化的地方，而独特地是"属于文学的地方"。当文学创作的形式难以再进行更新的时候，"地方作为一个文学问题"便异常醒目地被标识出来。

我们都知道，"地方的概念……还存在地方感的问题。……地方不是一个载体、容器、舞台，而是自成一个意义单元（Meaning unit）"①。作为这样一个"意义单元"，经由写作者以自我为核心的书写，便呈现出地方的显著意义。最起码，它"以具风土特色的方式对当地土著呈现一种地方的心灵样态"②。文学作为"地方性抒情"之一种，当它关注地方的景观、风习等诸种地方性知识的时候，当它以"性灵"的文字抒发自我的故乡真爱之时，意味着它在尝试着从自我的角度来重新"阐释地方"。"它既不是'原滋原味'的本土知识，也不是我族文化的自然投射；它是一种再创作，是自我与他者合作生产的第三种产品。人们在日常生活中为事物赋予个殊化的社会意义，因而事实变得多义起来，它既是'真如铁'的'事实'，是相似的属性，也是'人为事实'，是象征意义，其中包括主观的意义分析和表述，也包括读者的理解。文化的解释就是'翻译'，翻译过程中，获得了一些东西，也丢了一些东西。"③ 因此，通由"地方性抒情"所造就的文学作品来获得如地方志一样的"地方性知识"，既是可行的，也是妄想的。可行的，意味着这些文学作品以个人情感的寄托的方式，属意于地方的书写，其所描绘的风景、地名、习俗等，全然地

---

① 唐晓峰：《文化地理学释义——大学讲课录》，学苑出版社，2012年版，第188–189页。

② 格尔茨：《地方知识：阐释人类学论文集》，杨德睿译，商务印书馆，2016年版，第19页。

③ 纳日碧力戈：《格尔茨文化解释的解释（代译序）》，格尔茨：《地方知识：阐释人类学论文集》，杨德睿译，商务印书馆，2016年版，第xvi页。

是属于一个地方的，它总不会脱离了地方而书写地方；妄想的，在于文学并非是追求准确而科学的"地方性知识"的梳理与阐发，而是面对这样的"地方性知识"而燃起的个人情怀的喷薄，它摆脱了生硬的介绍与说明，出之以情感的流露、个我心灵的寄托。经由文学的"再创作"，地方性知识可能已经从"原始的地方"，变为作者"个人的地方"，再经过书写而变为"文学的地方"，这期间所经历的多重翻译、阐释与再造，都让地方更具地方性，也让地方性逐渐地升华甚至脱离地方。但这都不是严重性的问题，而是"作为地方的文学"的题中之义。

或者，换一种说法，"所谓的'当地'或'地方'不仅仅只是地点、时间、阶级、事件等等，更是一种音调（地方特色）——一种具地方色彩的事实表征与道德想象"①。"作为地方的文学"恰恰提供了这样一种"音调"，这样一种"地方色彩的事实表征与道德想象"，除此之外它还给出了"地方性的抒情"，把地方、生命与文学，融合为一，呈现为不可分割的"三位一体"的"地方性知识"。

对于地方性的文学书写而言，不应该去考察它情感的真实性或者这种情感的适恰性，而应该去关注它多提供的对于地方的描写——文学文本尽可以去憎恨一个地方，比如现代文学史上兴起阶段的乡土文学，对地方的落后、闭塞与愚昧大加挞伐，但那情感的过分却并未淹没对地方的认真的书写，以至于此后沈从文、废名等的浪漫化想象，尽管有歪曲、美化地方的嫌疑，然而那田园牧歌的调子背后所站立着的巨大伟岸的地方形象，则始终"如它所是地是它所是"。文学的书写很少会改

---

① 潘英海：《格尔兹的解释人类学》，庄孔韶：《人类学经典导读》，中国人民大学出版社，2008年版，第142页。

变一个"地方",它只会加强一个地方;丰富一个地方,使之呈现出更为复杂而多样的面相,而不会毁灭、重建一个地方,除非"地方作为地方"完全是出于虚构的。

还是应该回到汪远定的"地方书写"上来。只需稍微引用一下他的文字,以上种种论述便不至于落入虚妄的臆测或假设——"横江!我也是你的孩子。都说父爱如山,而我却言父爱如水。时光见证——你用生命喂养我,呵护我!我娇小的身躯因此从未感到寒冷。秋天,你灵动飘逸的气息,时刻浸润我的心田。落木。萧瑟。你依旧清澈,细水长流。昔日,调皮捣蛋的孩子,躲藏在你明澈的眼眸里,趁着夜色,荡起一阵阵涟漪,演绎一段段传奇。你的嗓门很低,不动声色。儿女们却个个英姿勃发,聪颖过人。齐云。海阳。万安。他们或修道成仙,或蟾宫折桂,或罗盘风水。"这几乎是毫无隐瞒的"倾诉",是面对着地方的河山而自然流泻的婉转心曲。它根本不会考虑真实性、适恰性,它之所以是它的缘由,不是事实与科学的规范,也不是理性与推演的证实,而仅仅是一种呢喃中的梦呓、挚爱里的清泉。再多的分析,对于汪远定的"文本"来说大约是多余的,在行文的末尾,我愿再次引用他气定神闲的文字,以作各种"科学与理性"解释之外的天纵之才的灵光一现的明证:

水与桥,家住山中的一道风景。/或许,一汪水与一座老桥,沿着历史的经脉,弯弯曲曲,总有一段长长的而又隐秘的恋情。/六月,一个歌唱灵魂的精灵行走石桥之上,像葡萄一样,快乐地吟唱紫色的歌谣。/葡萄在一树树的水上,缠绕蔚蓝的天空,叫醒了一群群神色迷离的男女,干燥、饥渴,抛弃在一座古桥的身后。/紫溪河,宛如一支箭镞,射中了雄立天下的双拱桥,沐浴齐云山下徐徐东来的紫气。/风水转。御桥修。一条河,行吟千年不够虔诚,昔日满腹牢骚,却像三百多

年前的洪流，唯有信仰可以拯救。/一座桥，仰止苍穹。(《渭桥》)

它单纯的简洁、质朴的凝练、虔诚的洒脱、敬畏的观瞻，都让渡给地方之为地方的地方性，作为诗意地栖居之所，作为恬淡的居心之地，也作为抚慰灵魂的应许之处。这是"作为地方的文学"的本然之意，也是"作为地方的生命"的完成与圆满。它们很巧合地汇聚于汪远定的笔下，聚焦于烟雨江南，归结为水乡徽州，一个叫作休宁的地方，一个叫作山和水的人间。

2018.9.7–22 人图圆桌·问馀斋

(谢尚发，中国人民大学文学博士，青年作家、评论家，1985年生，安徽临泉人。研究方向为中国当代文学史与文学批评，兼及文学创作。论文散见于《当代作家评论》《中国现代文学研究丛刊》《南方文坛》《当代文坛》《文艺评论》《湘潭大学学报》等刊物，曾被人大《复印报刊资料·中国现代、当代文学研究》、《新华文摘》等转载。小说散见于《十月》《天涯》《台港文学选刊》等，著有小说集《南园村故事》，编著有《寻根文学研究资料》《反思文学研究资料》。荣获"第六届《文学报·新批评》优秀论文奖新人奖")